El jinete murciélago

Juan Mateo desea ser un jinete murciélago.
¿Si el encuentra la cueva en dónde los murciélagos
viven, se harán sus sueños realidad?
¿O se encontrará con Oomba el león?

ANTHONY BARTON

El jinete murciélago

con decoraciones por el autor

Prensa Bulmer

El jinete murciélago

Bulmer Prensa Edición
Derechos del autor © Anthony Barton
Biblioteca y Archivos de Canadá catalogación en publicación
Barton, Anthony, 1942-
[El jinete murciélago, español]
El jinete murciélago / Anthony Barton ; traducido por MonicaA. Barry
Bulmer Prensa Edición para Amazon.com
(Aventura de Juan Mateo)
Translation of: El jinete murciélago
ISBN 978-0-9869038-8-5
I. Barry, Monica A., 1954- II. Titulo. III. Titulo: El jinete murciélago, español
IV. Serie: Barton, Anthony, 1942- . Aventura de Juan Mateo.
PS8553.A7776B3818 2011   jC813'.6   C2011-906653-X
La tapa y dibujos por Anthony Barton. Todos los derechos reservados
Traducido del inglés al español por Monica A. Barry.
Todos los derechos reservados de la traducción y publicación.

PARA FREDESWINDA

Juan Mateo, los murciélagos
y yo hemos hecho este libro
para ti
con amor

Contenido

CAPÍTULO I

Contando un cuento a los murciélagos

L OS murciélagos baten sus alas, saltan arriba y abajo y dicen — ¡Eep! ¡Eep!
— Te prometo que no voy a dejar salir cualquiera de ustedes — yo les digo. Los murciélagos les gustan escuchar a cuentos sobre ellos mismos.

Vesper, el más pesimista de los murciélagos, dice que ella piensa que Juan Mateo va ser comido por un león.

— No en absoluto — respondío con rapidez — Estoy seguro de que el león no va hacer ningún daño ni a Juan Mateo o a Bulmer.

— Yo no sé nada de eso — dice Vesper, entornando los ojos — Nunca se sabe con leones.

— A veces no es fácil hacer amigos —señalé — Así es como la primera aventura de Juan Mateo comenzó.

— ¿Cómo? — el coro de los murciélagos — ¡Cuéntanos!

— Antes de comenzar, creo que usted debe saber que Juan Mateo tiene miedo de los lugares oscuros. Un día, cuando era un bebé los luces se apagaron y él pensó que había una criatura extraña en su dormitorio. Él pensó que podía oír a la criatura arrastrándose más cerca. Él estaba demasiado asustado para llorar. ¿Alguno de ustedes han estado demasiado asustado como para llorar?

Vesper y Hula me miraron solemnemente, sus ojos redondos como platos.

— Si usted tiene — sigo — entonces espero que sepas cómo Juan Mateo se siente acerca de la oscuridad. Aún ahora, años después sólo tiene que pensar en la oscuridad y eso es suficiente cómo para hacerle que roa los nudillos. ¿Quieres saber cómo conoció a Bulmer por primera vez?

Los murciélagos inclinan la cabeza.

El jinete murciélago

CAPÍTULO II

Cómo Juan Mateo conoció a Bulmer

J UAN Mateo estaba terminando su desayuno cuando su madre dijo:
— Salga a jugar con los otros chicos y chicas.

— Ellos no quieren jugar conmigo — dijo Juan Mateo con su boca llena — Soy muy pequeño.

— No, no lo eres — dijo su mamá — ¡Afuera, Juan Mateo!

Juan Mateo se ingirió su último bocado y salió corriendo de su casa.

Otro muchacho de su propio edad lo vio.

— No podes jugar con nosotros — dijo Joshua Ryan.

— ¿Porque no? — dijo Juan Mateo.

— Eres demasiado pequeño — dijo Joshua Ryan.

— No soy pequeño, — dijo Juan Mateo.

— Eres, — dijo Joshua Ryan — Usted es el niño más pequeño, que james he visto.

— No soy, — dijo Juan Mateo — Voy a ser un jinete murciélago.

— Tú? — dijo Joshua Ryan — Un jinete murciélago? Ningún murciélago te elegiría.

Emilia Carlota, la hermana de Joshua Ryan, se colgó de la espalda de Joshua Ryan pretendiendo ser un jinete murciélago. — ¡Gire a la izquierda! — le dijo a su hermano.

Los otros niños y niñas empezaron a jugar el jinete murciélago, también.

Juan Mateo les miró. Él les oyó gritar — ¡Eep! ¡Eep! a medida que corrían por la calle y dieron la vuelta de la esquina.

Juan Mateo se quedo solo. Se sentía triste. Él quería jugar. — No quiero ser tan pequeño — dijo a sí mismo. Se rascó un lugar con picazón en el tobillo.

Se fue al sitio de Mirar Hacia Afuera y se levanto la vista. Su corazón saltó. Él podía ver los murciélagos gigantes en el cielo.

Los murciélagos gigantes estaban aleteando sus enormes alas. Los murciélagos se dirigían a la cueva. Juan Mateo nunca había estado en la cueva. Juan Mateo sabia que los murciélagos y sus jinetes se habían estado fuera toda la noche juntando fruta. Cada murciélago tenía un niño o una niña cabalgando sobre su espalda. Juan Mateo deseaba poder estar allí con ellos, montado en la parte posterior de su propio murciélago. El deseaba tanto ser un jinete murciélago, pero solo unos pocos niños afortunados fueron elegidos por los murciélagos para cabalgar en sus espaldas y ayudar con la cosecha de la fruta Yumi. El suspiro.

Juan Mateo volvió a su casa. — ¿Papa, que debo hacer? Nadie quiere jugar conmigo. Soy demasiado pequeño.

Su papá se dijo en sueños. — Pensar alto y no sentirás pequeño.

— Oh papa, eres muy tonto — dijo Juan Mateo — ¿Mamá que debo hacer? Quiéro ser un jinete murciélago.

— Vete a preguntar al señor Semillas — dijo la mamá — Él es el más sabio del pueblo. Te voy a dar un pan recién horneado para él. Ponte tu mochila. Puedes llevar el pan en ello.

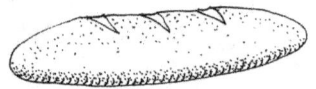

Juan Mateo se cogió su mochila de su habitación. Puso los brazos a través de las correas y se instaló en la espalda.

Su madre se puso el pan dentro de su mochila. — ¿Sabes a dónde encontrar al señor Semillas? — dijo ella.

— ¿La casa en el campo de sueño?

— Ahí es dónde vive. Hasta luego.

— Hasta luego — dijo Juan Mateo, y salió corriendo de su casa, la mochila con el pan dentro del mochila chocando golpes en la espalda.

El campo de sueño estaba lleno con flores que hizo a Juan Mateo somnoliento.

Juan Mateo acercó de puntillas por el campo. El se tapó la nariz. — Pelo estos flores estúpidos — dijo — Mi pensó que voy a es-tor-nu-dar.

Estornudó. — ¡Achoo! — El estornudo otra vez. — ¡Achoo! ¡Achoo!

Golpeó a la puerta de la casa del señor Semillas.

— ¿Quién es? — dijo la voz.

— Soy yo, Juan Mateo — dijo — Date prisa y

abrir la puerta. Esos flores me hacen estornudar.

La puerta abrió.

— Las flores se suponen que deben hacerte dormir
— dijo el señor Semillas.

— Ellos me hacen estornudar — dijo Juan Mateo,
y estornudo de nuevo — ¡Achoo!

El señor Semillas sonrió. — Será mejor que entras —
dijo.

Juan Mateo se escurrió de las correas de su mochila, sacó el pan y lo dio a señor Semillas.

— Esto es de mi madre — dijo.

— Voy hacer algunos sandwiches — dijo el señor Semillas. Él se fue con su silla de ruedas a la cocina y hizo los sándwiches para ambos. Él hizo para Juan Mateo un batido. Ellos sentaron uno al lado del otro en la mesa de la cocina del señor Semillas. Él hizo para Juan Mateo un batido. El señor Semillas se sentó en su silla de ruedas.

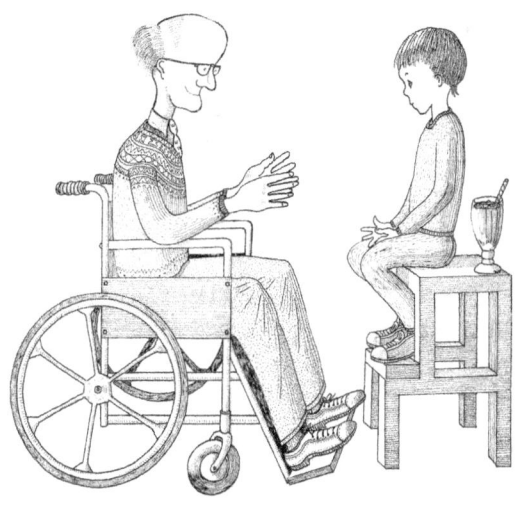

Comieron sus sándwiches. Los sándwiches saboreaban de huevos duros y mayonesa.

— ¿Que te pasa, Juan Mateo? — dijo el señor Semillas.

— Quiero ser un jinete murciélago — dijo Juan Mateo.

Él succionaba en su batido con una pajita. Fue un batido de melocotón, su favorito.

— Quieres ser un jinete murciélago — dijo el señor Semillas — ¿pero los otros niños y niñas te dicen que eres muy pequeño?

Juan Mateo asintió con la cabeza, preguntándose cómo el señor Semillas sabia tanto. Se mordió el labio.

El Señor Semillas inclinó la cabeza a un lado y miró a Juan Mateo.

— ¿De qué estás asustado, Juan Mateo?

— No tengo miedo.

— Todos tienen miedo de algo — dijo suavemente el señor Semillas.

Juan Mateo miró a su batido, admirando a la espuma burbujeante. Había algo que le daba miedo. Él tenia miedo de la oscuridad. Pero él no quería decirle eso al señor Semillas.

— ¿Cómo puedo yo ser un jinete murciélago? — el dijo en voz baja — ¿Podes ayudarme?

— Un jinete murciélago debe ser valiente, bondadoso, y amable — dijo el señor Semillas. — ¿Es usted valiente?

— No sé.

— ¿Es usted bondadoso?

— A veces. Creo.

— ¿Eres atento? ¿Es usted servicial?

— Ayudo a mamá lavar los platos.

— Cuando hayas terminado tu batido — dijo el señor Semillas — Te diré lo que debes hacer para ser un jinete murciélago.

Juan Mateo absorbió el últimó de su batido y miró con esperanza al señor Semillas. ¿Podría el señor Semillas hacer realidad su sueño? ¿Puede el señor Semillas ayudará a convertirse en un jinete murciélago? Juan Mateo esperaba. Juan Mateo miró en los ojos del señor Semillas y esperó.

— Sigue las huellas de Oomba a la cueva — dijo el señor Semillas.

— ¿Quién es Oomba? — dijo Juan Mateo.

— Oomba — dijo el señor Semillas — es el león. Él es un león muy grande. Usted no quiere encontrarse con Oomba.

— ¿Puede Oomba hacer un sonido?

— Él va ¡Oomba! ¡Oomba! Sus huellas tienen seis dedos en los pies.

El señor Semillas rodó su silla de ruedas en un cuarto de atrás y volvió con un frasco de ungüento.

— Esto es Hacer-Te-Mejor Mantequilla — el dijo — Ponga tu mochila de nuevo y pondré este frasco dentro de tu mochila. Yo mismo he hecho el Hacer-Te-Mejor mantequilla. Es un buen ungüento para el tratamiento de esguinces y heridas.

— Gracias señor Semillas, — dijo Juan Mateo, retorciéndose adentro de las correas y manteniendo su mochila en su espalda una vez más. Él sentía que el señor Semillas puso el frasco de ungüento dentro de su mochila. Sentía el peso del frasco apretar firmemente las correas alrededor de sus hombros.

— Al llegar a la cueva, vete adentro — dijo el señor Semillas.

— ¿Es oscuro dentro de la cueva? — dijo Juan Mateo, enderezando su espalda.

— Si — dijo el Señor Semillas. Parecías preocupado. — ¿Es eso de que tienes miedo, Juan Mateo? ¿La oscuridad?

— Si — murmuró Juan Mateo.

— No te preocupes — dijo el señor Semillas — Mucha gente tienen miedo de la oscuridad — El señor Semillas apretó sus yemas de sus dedos a su frente — Sabes que los murciélagos pueden ver en la oscuridad escuchando?

— ¿Escuchando? — dijo Juan Mateo, sorprendido.

— Por eso los murciélagos van ¡Eep! ¡Eep! — dijo el señor Semillas. — Ellos escuchan los ecos de sus gritos. Un tipo de eco significa un árbol. Otro tipo de eco significa una fruta. El murciélago puede saber cual.

— Murciélagos deben ser inteligentes si pueden ver con sus oídos — dijo Juan Mateo.

— Son inteligentes — dijo el señor Semillas — Ellos pueden hablar con sus jinetes.

— ¿Pueden?

— Si — dijo el señor Semillas — Estas listo para comenzar tu aventura?

— Espero solo un minuto — dijo Juan Mateo. Él llevó el vaso de su malteada vació al fregadero. Él enjuagó el vaso limpio. Su mamá le había enseñado ser aseado.

— Muchas gracias — dijo el señor Semillas — ¿Estas listo ahora?

Juan Mateo se secó las manos en una toalla y asintió con la cabeza. — Estoy listo — dijo.

— Es mejor que salgas así — dijo el señor Semillas, rodando su silla de ruedas a la puerta de atrás de la casa.

— Veo la impresión de huellas de Oomba — dijo Juan Mateo, salgando fuera en el jardín trasero del señor Semillas y indicando con los dedos las huellas del gato en la suelo húmedo. — Sus huellas son muy grandes.

— Segue sus huellas a la cueva — dijo el Señor Semillas — Buena suerte Juan Mateo.

— Muchas gracias, señor Semillas — dijo Juan Mateo.

El camino de las huellas de seis patas con punta de impresión le llevo a cabo fuera través de la puerta en la parte inferior del jardín del señor Semillas y entre los arboles Yumi. Juan Mateo estaba muy emocionado. Su aventura había comenzado. Sería valiente. Sería amable. Mostraría a Joshua Ryan y a Emilia Carlota que ser pequeño no significa que no puedes ser un jinete murciélago. Él echó a correr. Sintió su mochila con el frasco de Hacer-Te-Mejor mantequilla chocar contra su espalda mientras corría para la cueva.

Juan Mateo hizo una pausa en la boca de la cueva para recuperar el aliento. Nunca había visitado la cueva.

Se veía muy oscura en el interior. No estaba seguro si quería entrar. Tal vez ser un jinete murciélago no era tan buena idea. Quizás debería correr de nuevo al señor Semillas y decirle que cambió de opinión.

— Voy a entrar un poco — el dijo a sí mismo.

Entró en la oscuridad.

La cueva era hermosa. Miró hacia arriba. Su quijada cayó. Gusanos de luz brillaron como estrellas arriba en el cielo. Luciérnagas se derivó en la oscuridad, guiñando prendido y apagado. Esbeltas agujas de roca se levanto del piso, reluciente con cristales brillantes. Cortinas estriados de verde, azul y rosa piedras decoraban. Tintineo de agua caía en una piscina. Peces ciegos se lanzaron en la piscina. Los peces que se vivían en cuevas no necesitaban ojos. Juan Mateo miró a un pez ciego saltar en el aire con un destello de escamas plateadas, y a continuación salpicar de nuevo en el agua.

La salpicada se hizo eco en la oscuridad.

Juan Mateo estaba en trance. Qué lugar encantador era esta cueva, penso. Pero, ¿dónde están los murciélagos y dónde están los chicos y chicas que cabalagaban sobre las espaldas de sus murciélagos?

Juan Mateo siguió un rio subterráneo bien profundo en las montañas.

La luz del día de la entrada de la cueva

se desvaneció detrás de él. La oscuridad se espeso. Sintió su camino adelante con cautela y encontro a si mismo entrando a un gran vestíbulo con paredes y piso cubiertos de musgo que brillaban de un pálido azul. El musgo sentía elastico bajo de sus zapatos de gimnasia. Dejó huellas oscuras detrás de él en el musgo al cursar la entrada. Había notado otros huellas más grandes en el musgo, las huellas de seis dedos de los pies. Escuchó un sonido de respiración. Los cabellos detrás en su nuca se elevaron. Sus piernas se sintió tambaleante. ¿De dónde provenía esos sonidos? ¿Quién estaba respirando? Él se levanto los ojos. A la luz del musgo brillante, vio los jinetes murciélagos.

Docenas de chicos y chicas dormían profundamente. Dormían en filas de camas colgantes que colgaban del techo.

Las camas eran accesibles desde las pasarelas colgantes. Tanto las camas y las pasarelas eran tejidas de dura corteza del árbol Yumi. Un niño roncaba y se volcó en su sueño. Su cama colgante balanceaba, y enviaba a las otras camas a balancearse.

— Así es cómo un jinete murciélago duerme

por la mañana — Juan Mateo pensó — después de una larga noche en el espalda de su murciélago y cosechando la fruta.

Juan Mateo tenía envidia. Deseaba que estuviera arriba allá durmiendo en su propia cama colgante, con su propio murciélago disponible. Hablando de eso, ¿dónde estaba los murciélagos de los jinetes?

Juan Mateo camino bajo un arco de piedra dentro de otro cámara. El musgo en está cámara estaba vislumbrando amarillo limón, y por su luz Juan Mateo vio los murciélagos.

— Wow — pensó — Ellos duermen al revés.

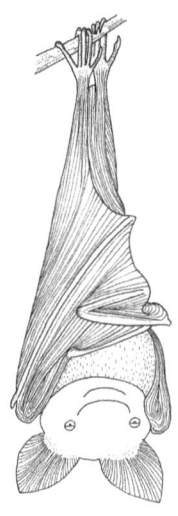

Los murciélagos colgaban de los rincones y grietas en el cielo raso, sus pies alocados en posición de bloqueo para sujetar con seguridad mientras que dormían colgados. Eran grandes.

Cada murciélago tenían sus alas dobladas alrededor en su cuerpo, que era razonable, ya que hacía mucho frío en la cueva, incluso en el calor del día.

Juan Mateo escucho un leve sonido algún lugar de la cueva y se quedó inmóvil, su corazón acelerando. Alguna criatura se movía en la oscuridad. Juan Mateo podía oir la criatura cada vez más cerca. Miró por encima de sus hombros y vio dos ojos brillando en la oscuridad.

— Quién eres tú? — dijo Juan Mateo.

— Yo soy Bulmer, Número Cinco Esquadrón. ¿Cuál es tu equipo?

— ¿Mi equipo? — dijo Juan Mateo, desconcertado.

— ¿Con quién vuelas? — dijo Bulmer — Un momento. ¿Que ha pasado con tus alas?

— No tengo alas — dijo Juan Mateo.

— ¿Sin alas? — dijo Bulmer, sorprendido — ¿Que tipo de murciélago es que no tiene alas?

— No soy un murciélago.

— Tú no eres un murciélago? ¿Qué eres?

— Yo soy un niño.

— ¿Un niño? — Bulmer brinco más cerca para un vistazo — Así que usted es. Un niño. ¿Usted debe ser un jinete murciélago?

— No todavía — dijo Juan Mateo — Pero quiero ser un jinete murciélago. Siempre quería ser un jinete murciélago — con suerte el añadió, mirando a Bulmer estirar sus enormes alas de ósea aterciopelada. Le vió a Bulmer hacer una mueca de dolor. — ¿Que te pasa?

— Mi ala de la izquierda me duele — dijo Bulmer.

Juan Mateo se retorció de las correas de la mochila y se desenrosco la tapa del frasco de Hacer-Te- Mejor mantequilla que el señor Semillas le había dado.

— Traje esta medicina. No sé si servirá de nada.

— Colóquelo sobre la herida — dijo Bulmer — Mi escuadrón me necesita.

Juan Mateo recogió un puñado de la mantequilla de la jarra y comenzó a frotar suavemente en la ala dolorida de Bulmer.

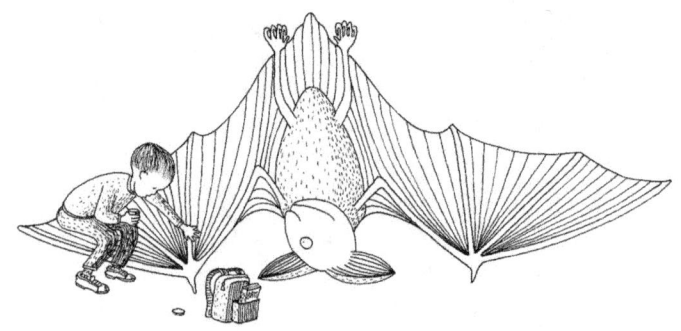

— Mi nombre es Juan Mateo. ¿Cómo te hiciste daño, Bulmer?

— Olvide trabar mis pies — dijo Bulmer —Por favor, un poco más a la derecha. Arriba un poco. Allí. Ahí es donde duele. ¡Ow! — Él contuvo la respiración.

— Lo siento — dijo Juan Mateo — Voy a tratar de ser mas suave. Esta es la primera vez que siendo una enfermera. ¿Dijiste que te olvidaste trabar tus pies? ¿Cómo bloqueas los pies?

— No estoy seguro — dijo Bulmer — Todo los otros murciélagos saben trabar los pies. Ellos cuelgan boca abajo desde el techo de la cueva y traban sus pies antes de irse a dormir.

Esta fue la primera noche que estaba solo. Trate de trabar mis pies. Estoy seguro de haber oído mis huesos hagan clíc. Pero debo haberme hecho algo mal, pues tan pronto que me quede dormido mis pies relajaron y luego vine abajo. ¡Porrazo! Golpeé el suelo duro en la cueva y me duele mi ala. Cuando se despiertan me voy a ser el hazmerreír del escuadrón. Se apuntarán a mí. Mirad a ese murciélago que no puedo trabar sus pies! — dirán — Bulmer el dejado!

— Eso es lo que se me van a llamar.

— Vamos arreglar tu ala antes que despiertan, y nunca sabrán nada — dijo Juan Mateo, escavando en el ultimo Hacer-Te-Mejor frasco de mantequilla y frotando con mucho cuidado en la cálida piel moreno de Bulmer. — ¿Cómo te sientes ahora? Él atornilló la tapa de nuevo, pusó el frasco vació en la mochila, y se reemplazó la mochila en sus hombros.

Bulmer intentó estirando su ala. — No está dolorido más — dijo.

— ¿Vas a ser capaz de volar?

— No sé — dijo Bulmer.

— ¿No sabes?

— Bueno, no he hecho ningún vuelo, — dijo Bulmer —Aún no. Para decirte la verdad,

Juan Mateo, la idea de la picada sobre todo ese espacio vació me da escalofrios.

— ¿Tienes miedo a volar? — dijo Juan Mateo — Pero usted es un murciélago.

Bulmer trago. — Si.

— No te preocupes — dijo Juan Mateo, tratando de sonar tranquilizador como el señor Semillas — Mucha gente tienen miedo de volar. Dios mío, cr-e-o que me voy a es-tor nu-dar.

Juan Mateo tomó un pañuelo de su bolsillo. — Es-cu-sa-me. De-be ser esa Ha-cer-Te-Mejor man-teca. Puede estar haciendote mejor, pero está haciendome…

Juan Mateo se sonò la nariz con fuerza. El sonido de su estornudo hizo echo a traves de la cueva.

Bulmer se apretó el brazo de Juan Mateo con la uña de su dedo pulgar de su ala derecha. — Creo que algo está llegando.

Juan Mateo se quedó inmóvil, escuchando. De algún lugar en lo más profundo oscuro y profundo de la cueva una bestia dio voz.

— ¡Oomba! ¡Oomba! — dijo la bestia.

Oomba el león de las cavernas estaba dormido cuando oyó el estornudo. Los leones les gusta casar en la fresco de la mañana y dormir durante el día. Él había desfrutado de un ligera comida. Para un aperitivo había comido cuatro zebras y una gacela agradablemente crujiente.

El plato principal fue un rinoceronte blanco

pesando dos y media toneladas, avejentado con el sol y rociado con nueces de mongongo. Para el postre se había tragado una docena de gallinas de guinea. Después de su comida había regresado a la cueva por via del bosque por los arboles Yumi, déjando un sendero de huellas de seis dedos de pies detrás de él. Había ido a la parte más posterior de su cueva a donde estaba más fresca y oscura. Este era su lugar favorito para acurrucar y tomar una pequeña siesta. Le había sonreído para sus adentros y se estiró sus miembros cansados sobre el musgo.

Se había bostezado. Los murciélagos fastidiosos y los niños que colgaban de su cueva estaban todos dormidos. El suave tintineo de agua que caía en una piscine le había aliviado.

Acaba de comenzar a soñar acerca de lo bueno que sería para encontrar una leona un día y comenzar una familia, cuando oyó un fuerte ¡Achoo! y le había despertado sintiendo enojado y molesto.

— ¿Quién se había atrevido entra en mi cueva? — pensó Oomba. Él era un león de las cuevas, y tomó muy en serio su cueva. Fue su cueva y nadie se le permitió entrar en su cueva sin su permiso. Él abrió la boca y hablo su propio nombre en voz alta para que su intruso sabía cuya cueva se había entrado.

— ¡Oomba! — rugó — ¡Oomba!

Oomba se puso de pie. Él azotó la cola. Aspiró por la nariz, probando el aire. Podía oler el extranjero que había entrado en su cueva. El extranjero olía de huevos hervidos, mayonesa, y un batido de melocotón..

— ¡Que nervio! — gruñó Oomba — Batido de melocotón, en cueva mia.

Oomba a la ligera comenzó a caminar a través de la oscuridad con sus enormes pies acolchados, agarrando cada paso que daba con sus garras dentro del resplandor del musgo.

Su oído tenso. Podía oír algún otro con el extranjero, alguien que tenia alas y garras que raspaba traves de su piso de la cueva.

— Uno de esos murciélagos tediosos, supongo — Oomba penso — Uno de esos murciélagos que van ¡Eep! ¡Eep! y por la noche vuela fuera de la cueva y regresan a la cueva al amanecer.

El saltó al través del rio subterráneo de un solo salto, a través de la sala de Flowstone, y vio al intruso, un muchacho, vestido con una especie de bulto en su espalda. El muchacho estaba ayudando a un murciélago subir la escalera de cristal.

— Te tengo ahora, batido de melocotón — pensó Oomba, y rompió a correr, sus garras extendidas.

Juan Mateo estaba ayudando a Bulmer por las escaleras de cristal. Los murciélagos se pueden caminar, pero es una esfuerzo. Sus piernas bambolean por sus alas. El mejor que un murciélago puede hacer es tropezar cuando esta en el suelo.

— Casi ahí — dijo Juan Mateo.

El empujo a Bulmer al escalón superior.

Un rugido de enojado sacudió la cueva. Delicada formación de roca tembló y fragmentos de cristal tintineó al piso.

Juan Mateo volvió. Oomba el león estaba corriendo hacia ellos.

— Cuidado con Oomba — el señor Semillas había dicho, y acá estaba Oomba corriendo hacia ellos con un aspecto muy grande y peligroso.

— Estamos hechos — dijo Juan Mateo.

— No de todo — dijo Bulmer. — Brinca en mi espalda. Voy a volar nosotros afuera.

— Tú nunca has volado antes — dijo Juan Mateo — Tú lo dijiste.

— Que difícil puede ser? — dijo Bulmer — Seré un as de vuelo. Veras.

Juan Mateo se saltó en la parte posterior de Bulmer.

— ¡Salga Bulmer! — dijo, poniendo sus brazos alrededor del cuello del gran murciélago.

— Cuñas afuera! — dijo Bulmer, y se dejo caer sobre el borde del torre de cristal. Él extendió sus alas abierta y navegó hacia el espacio.

Oomba se abalanzó, extendiendo la mano para agarrar a Bulmer y a Juan Mateo con sus patas delanteras, pero se perdio su equilibrio y cayó al barranco.

Con un chapoteo Oomba cayo al río. Él apareció momentos más tarde y se soplo el agua por la nariz.

Bulmer zumbó sobre la cabeza de Oomba. — ¡Tat! ¡Tat! ¡Tat! — dijo, rozando cerca de las orejas del león. — ¡Tomar eso, gato grande!

La cabeza sobre el agua, las patas chapoteando, y su cola pegando directamente justo atras, Oomba dio un rugido de desafío cuando se fue arrastrado alrededor de una curva en el río.

— ¡Wahoo! Esperar hasta que mi escuadrón escucha de esto — dijo Bulmer, y sacudió su alas en un rodillo de victoria.

— ¿Bulmer, que estas haciendo? — dijo Juan Mateo, agarrando con fuerza. El río estaba arriba de su cabeza y el cielo abajo en sus pies. — Estoy al revés.

— Estoy lazando el lazo — dijo Bulmer — Te lo dije que era un as de volar.

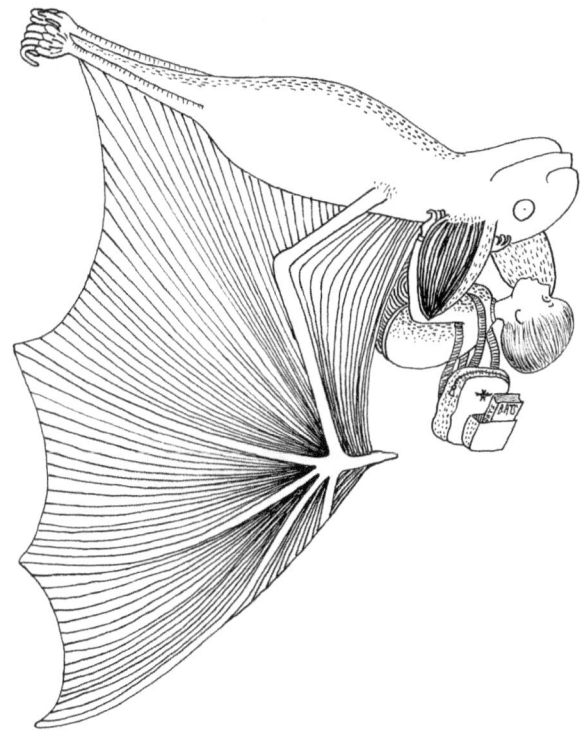

— No tengo que dejarme soltar — dijo Juan Mateo a si mismo — Debo agarrarme con fuerza. Yo soy un jinete murciélago. Debo mantener con fuerza la garra en mi murciélago.

41

Bulmer se precipitó de cabeza a la sombra de los bosques. Los troncos enormes de los árboles masivos en milas de altura Yumi, se azotaron de derecha e izquierda. — ¡Eep! Eep! — exclamo Bulmer, y disparando en el cielo, dejando los árboles y elevando a un cielo azul brillante.

Cuando se estabilizó a diez mil pies, Juan Mateo estaba contento encontrarse en posición correcta. Él se miró a su alrededor y se sintió maravilloso. Él estaba alto en el aire, sentado al lado en la nuca de un murciélago gigante. Él podía sentir el calor del sol en los brazos. Aire fresco pasó junto a su rostro. Esto fue lo que era ser un jinete murciélago. Fue increíble. Estaba volando.

— Vamos hacer un barrido! — dijo Bulmer.
— Muy bien — dijo Juan Mateo.

Ellos hicieron un barrido, pasando las hojas de un árbol Yumi y después de nuevo subiendo a los nubes.

— Vamos a volar a través de una nube — dijo Juan Mateo.

— ¿Porque no? — dijo Bulmer.

Volaron a través de una nube. Era blanco por adentro, húmedo y brumoso. No podían ver hacia a dónde se dirigían. Ellos precipitaron fuera de la nube en la luz del sol, detrás de vapor.

— ¡Mirad me! — dijo Bulmer. El murciélago estaba entusiasmado. Esto era su primer vuelo. Los otros murciélagos se sentiría orgulloso de él. — Estoy cerrando mis ojos. Estoy usando mis oídos para ver a dónde estoy yendo. ¡Eep! ¡Eep! Puedo escuchar un eco adelante.

— Cuidado — dijo Juan Mateo — Vas a pegar un árbol.

— ¿Yo? ¿El orgullo de la quinta escuadrón? — dijo Bulmer — Pegar un árbol?

Hubo un sonido ondulante, un golpe, y Juan Mateo perdió su apretón en el cuello de Bulmer.

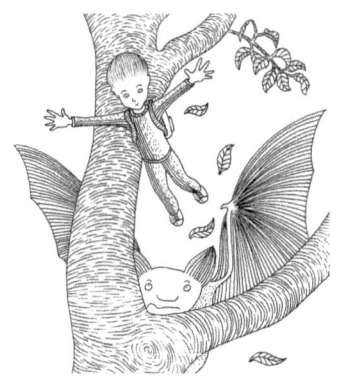

Juan Mateo voló por el aire y cayó sobre su espalda entre los Yumi flores. Cada Yumi flor tenía cinco pétalos azules. — ¡Bulmer! — él llamó — ¿Dónde estas? — dijo. Salto a su pies. — ¿Bulmer?

No había contestación.

Juan Mateo era un jinete murciélago sin un murciélago. Se miró alrededor de él muy ansiosamente. Vió en un estanque de rocio una familia de cisnes bocinando y tirando a algo con sus picos. Estaban haciendo sonidos como una puerta chirriante. Él vió los lechos de flores brillantes con las glorias de las mañanas y decorados con los helechos de pelo de doncellas.

— Estoy en una especie de jardín — pensó.

Miró hacia arriba y vio doblar las ramas abajo el peso de las frutas maduras color púrpura de Yumi. Cada fruta de Yumi tenian cinco dedos gordos. La fruta de Yumi hizo agua la boca de Juan Mateo. Mmm! Se veían bien. El señor Semillas le había dicho que los árboles Yumi daban sus flores y fruta al mismo tiempo. ¡Qué lástima la fruta estaba fuera de su alcance! Mientras miraba hacia arriba a la fruta, se dio cuenta que el cielo se estaba moviendo.

Sus ojos agrando. — ¿Bulmer?

Todavía no había respuesta.

— ¿Qué es este lugar? — dijo.

— Esto es un jardín de árboles — dijo una voz. — Mi jardín de árboles.

Juan Mateo giró y vio que el árbol de Yumi tenía una cara.

— ¿Te has perdido tu amigo? — dijo el árbol Yumi.

— Si tengo — dijo Juan Mateo — Él es un murciélago. Su nombre es Bulmer.

— ¿Cuál es tu nombre? — dijo el árbol Yumi.

— Juan Mateo.

— Mi nombre es Boris — dijo el árbol Yumi — En el pico de cada árbol en el bosque hay un jardín. Este es el mío. Espero que usted le gusta los cisnes. Volaron en un día y se hicieron a sí mismos en casa.

Bulmer justamente salpico abajo en el estanque de rocío. Le están tirando a la orilla.

Juan Mateo corrió a la orilla del estanque. — ¡Bulmer! — él dijo — ¿Estás bien?

— Un poco de un choque — dijo Bulmer, densamente — Los cisnes dicen que debería haberme frenado los latidos de mi ala y retorcido mis alas para agarrar más el viento. Eso me debería haber frenado. Debo tratar la próxima vuelta.

Bulmer se dejo caer afuera del estanque y cayó sobre su nariz.

— Toma mi mano — dijo Juan Mateo, y tirando a su amigo de nuevo a su pies.

Bulmer se agitó y las gotas de agua volaron en todo direcciónes.

— Espero que no te lastimaste aterrizando, Bulmer — dijo el árbol.

— No, de ninguna manera — dijo Bulmer — ¿Quién eres? — pregunto, mirando a su alrededor.

— Yo soy un árbol donde te has aterrizado. Mi nombre es Boris.

— Espero que no estas dolorido, Boris.

— No en la más mínimo. ¿He venido usted y tu jinete para algunos de mis frutas de Yumi?

Juan Mateo y Bulmer se intercambiaron miradas.

— ¿Podemos tener alguna? — dijo Juan Mateo.

— Es posible que podes tener algunos de mis frutas — dijo Boris — pero solamente si me promotes salvar y replantar las semillas. Las semillas en el fruto son mi manera de hacer más árboles como yo.

— Vamos a salvar las semillas — dijo Bulmer — Honor del escuadrón.

— Y plantarlos también — dijo Juan Mateo — Prometo.

— Bien — dijo Boris, y tres de las frutas maduras Yumi se cayeron de una rama y aterrizaron en sus pies — Ponga las tres frutas en tu mochila, Juan Mateo. Usted necesita tener tus manos libres para sostener a Bulmer cuando se estan volando.

Juan Mateo hizo lo que se les dijo, y luego el y Bulmer se arrastraron a la orilla del jardin de árboles de Boris y miraron hacia abajo a la montaña de los murciélagos, al rió y muy por debajo a la aldea.

— Todo parece se ve tan pequeño desde aquí — dijo Juan Mateo. Él podía oler las tres maduras frutas de Yumi en su mochila. — ¿Subiré a tu espalda?

— Si — dijo Bulmer — Cuando estas listo, y fracaso por encima del borde.

— Estoy listo — dijo Juan Mateo, sus brazos firmemente envueltos alrededor del peludo, mojado cuello de Bulmer. Esta vez no se iba a perder el sostén de su amigo.

— Acá vamos — dijo el murciélago, y fracaso por encima del borde.

— Este es un regalo — dijo Juan Mateo.

— ¿Una fruta de Yumi fresca? — dijo el señor Semillas, su rostro lleno de alegría. —¿Para mi?

Él se giró su silla afuera del patio y al sol. Él dio la vuelta de la fruta en forma de estrella en sus manos, y admiró su color morada y su delicada superficie polvorienta.

— Boris dice que debes salvar las semillas y plantarlas — dijo Juan Mateo.

— Voy a salvar las semillas — dijo el Señor Semillas — y les plantaré. ¿Pero quien es Boris?

— Boris es el árbol de dónde vino la fruta.

¿Quieres decir que el árbol te hablo? ¿Pero cómo?

— Este es mi murciélago, Bulmer.

— Estoy muy feliz de conocerte, Bulmer — dijo el señor Semillas — ¿Son ustedes un equipo?

Bulmer sonrió. — Esta noche nosotros vamos a volar con el escuadrón número cinco. Me curó tu Hacer-Te-Mejor mantequilla. Gracias.

Al señor Semillas se le cayó la mandíbula. — Juan Mateo. ¿Me quieres decir que tu eres un - ?

Juan Mateo puso su brazo alrededor del hombro de Bulmer. — Si soy un jinete murciélago — él dijo con orgullo — y estoy cabalgando el mejor murciélago en el mundo.

— Felicitaciones a los dos — dijo el señor Semillas — ¿Tienen tiempo para un batido? ¿Sándwiches de berro y nuez?

— Gracias Señor Semillas, pero esta haciendo tarde. Acá está tu frasco devuelta vació. Será major estar en camino para contarles a nuestros padres.

Juan Mateo dio un gran abrazo al señor Semillas — No podríamos habernos hecho sin ti— susurró en la oreja del señor Semillas — Gracias por la advertencia cerca del león Oomba.

— ¿Espero que no lo conociste? — el señor Semillas miró horrorizado.

— Nosotros le vamos a contar en otro momento — dijo Juan Mateo, saltando al espalda de su murciélago. — ¡Bulmer lucha!

El murciélago saltó desde el patio, y, con golpes poderosos de sus alas, disparó haca el cielo.

La mamá y papá de Juan Mateo estaban asombrados con la llegada de su hijo cabalgando sobre un murciélago.

— Los traje una fruta de Yumi — dijo Juan Mateo — Esta fresca. Deben salvar las semillas y enterrarlas en el suelo para que pueden brotar en los árboles bebé de Yumi.

— Voy a plantar las semillas — dijo la mama, y puso con cuidado la fruta de Yumi en el tazón de frutas sobre la mesa del comedor. — Juan Mateo — dijo ella, mirándolo como si fuera un extraño — ¿Como te hiciste un jinete murciélago?

— Me encontre con Bulmer. Podes agitar las garras con él. Bulmer, esta es mi madre.

— ¿Es seguro para ti? — la mamá pregunto — ¿Volando hasta la cima de esos altos arboles? ¿No tienes miedo?

— Solo cuando caigo en mi nariz — dijo Bulmer — No soy muy bueno en aterrizajes.

Se ruborizó.

— ¡Todo lo mejor, Bulmer! — dijo el papá, sacudiendo la garra de Bulmer.

— Nos vemos — dijo Juan Mateo, saltando a caballo en horcajadas sobre el cuello de Bulmer.

— ¡Llevanos lejos, Bulmer!

— Vuelven pronto! — gritó la mamá, agitando el brazo.

— ¡Vamos estar esperando! — gritó el papá.

Juan Mateo vio a Joshua Ryan y a Emilia Carlota jugando al jinete murciélago por las calles.

— ¡Aterriza! — dijo, y Bulmer hizo su mejor aterrizaje todavía, justo en frente de Joshua Ryan.

Joshua Ryan estaba asombrado. — ¿Juan Mateo? — el dijo — ¿Usted es un - jinete murciélago?

Emilia Carlota se deslizó hacia abajo desde la parte posterior de la espalda de su hermano y corrió a acariciar a Bulmer. — El pelaje se siente tan suave —

ella dijo, tocando la cabeza de Bulmer.

— Gracias — dijo Bulmer, y los ojos de Emilia Carlota se abrieron. Un murciélago se había hablado a ella.

Juan Mateo sacó el tercer y último fruta de Yumi de su mochila. — Esto es para ustedes dos. Guarder las semillas y plantar a ellos en el suelo.

— Quiero ser un jinete murciélago — dijo Joshua Ryan.

— Yo también — dijo Emilia Carlota.

Juan Mateo sonrió. — Vete a ver al señor Semillas. Él va decirte que hacer. Lo siento no podemos quedar a jugar.

— Tenemos que unirnos al escuadron — dijo Bulmer.

La pareja se disparó en el aire y se elevaron muy por encima de los árboles Yumi.

CAPÍTULO III

El rescate de Annabella Sue

BULMER precipitó hacia abajo al lugar dónde vivían los murciélagos. — No te preocupes, chico — él dijo — Puedo hacer esto. Pedazo de torta.

— ¿Quién está preocupado? — dijo Juan Mateo, y envolvió sus brazos con más fuerza alrededor del cuello de Bulmer, esperando lo mejor. Bulmer podía barrerse través del aire. Bulmer podía volar al revés. Bulmer podía rizar el rizo. Pero Bulmer no era tan vivo cuando trataba de los desembarques.

Ya habían tenido un aterrizaje de emergencia en un estanque. Juan Mateo no quería otro.

Ellos volaron a la oscura cueva. Juan Mateo no podía ver muy bien en la oscuridad pero Bulmer podía. Murciélagos pueden ver con sus orejas mejor que pueden ver con sus ojos.

— ¡Eep! ¡Eep! — dijo Bulmer, prestando atención para los ecos de sus gritos que rebotaban de los muros en la cueva.

— No olvides de trabar tus pies — dijo Juan Mateo.

— ¡Espera! — dijo Bulmer.

Juan Mateo se aferró.

Bulmer zumbó hacía el techo de la cueva, agitando más rápido sus alas cuando giró en el aire y sacó las piernas. Se conectó las garras de los pies en el borde de una cornisa.

Juan Mateo encontró a sí mismo al revés. Su barriguita sentía raro. Escuchó dos clics óseas. Bulmer se había acordado para bloquear sus pies.

Bulmer se relajó, colgándose de sus pies. Dobló sus alas fuera de vista como paraguas. — Hemos aterrizados — él dijo — Ahora, Juan Mateo, puedes dejar de lado mi cuello.

Juan Mateo no estaba seguro de que quería dejar ir. Estaba oscura. No podía ver. Estaba abrazando a un murciélago que estaba colgado del techo de una cueva. Debe ser una caída profunda hasta el suelo rocoso por debajo. — Voy a caer — dijo.

— Caerás en la hamaca — dijo Bulmer — Confía en mí.

Juan Mateo dejo ir. Cayó en su hamaca. La hamaca sentía suave, y se osciló con suavidad hacia adelante y hacia atrás.

— Esto es lo que es ser un jinete murciélago — pensó Juan Mateo — Me balanceo en mi hamaca. Me he unido a la quinta escuadra.

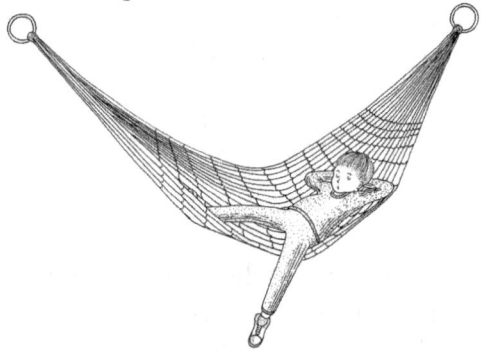

Frunció el ceño. — ¿Bulmer?

— Uh-huh.

— ¿Quién está a cargo de la escuadrilla? ¿Quién es el jefe?

— El líder del escuadrón es el jefe.

— Me gustaría ser el líder de la escuadrón.

— Tus compañeros los jinetes murciélagos te podrían pensar muy pequeño siendo un líder de la escuadrón, — dijo Bulmer.

— Ser pequeño no me impidió convertirme en un jinete murciélago. ¿Por qué ahora me impide convertirme en un líder de la escuadrón. ¿Bulmer? ¿Por qué los adultos no cabalgan en los murciélagos?

— Los adultos son muy pesados. No podemos levantarlos en el aire. Nuestras alas no son lo suficientemente fuertes.

— Me alegro que soy un jinete murciélago — dijo Juan Mateo — También mis amigos Joshua Ryan y Emilia Charlota quieren ser jinetes murciélagos. Espero que sus deseos se hagan realidad.

Cerró los ojos y soñaba en ser el líder del escuadrón y conduciendo a un gran cantidad de murciélagos en una misión importante para salvar al mundo.

— ¡Alerta murciélagos! — dijo una voz chillona — Todo los jinetes a informarse en la Sala de Instrucciones.

Juan Mateo despertó de su sueño con un susto. — ¿Todo los jinetes deben hacer que? — él dijo.

— Ellos han soñado la alerta del murciélago. Hay algún tipo de tapa puesta — dijo Bulmer —Tienes que irte al desván con el resto de los jinetes.

Juan Mateo se sentó en su hamaca y miró alrededor de él. Linternas se habían encendidos. Niños y niñas estaban subiendo las cuerdas anudadas que colgaban a través de agujeros en el techo.

Una alerta de murciélago de color rojo estaba intermitente.

— Es mejor que subes la cuerda — dijo Bulmer.

— ¿Tengo mi propia cuerda? — dijo Juan Mateo — Bien. ¿Por qué no podemos volar hasta allí juntos?

— Es un breve conferencia para jinetes solo — dijo Bulmer — Me acabo de colgar aquí por debajo hasta que regreses y me digas cuál es nuestra misión.

— Correcto — Juan Mateo subió la cuerda. Siguió al desván con la otra gente joven. La Sala de Conferencias era una caverna formada como un teatro. Juan Mateo se sentó en un asiento en un banco de curvas entre el público. Él vio a sus dos amigos que venían.

— ¿Podemos unirnos contigo? — dijo Joshua Ryan.

— También, nosotros somos jinetes murciélagos — dijo Emilia Carlota — Justamente acabamos de unirnos.

Juan Mateo estaba encantado de ver a los dos. — Sienten aquí a mi lado — él dijo — Estoy tan contento de que son jinetes murciélagos. ¿Cómo encontraron el camino a la cueva?

— Seguimos tus huellas — dijo Joshua Ryan — El nombre de mi murciélago es Ahumado. Él me está esperando abajo.

—El nombre de mi murciélago es Vesper — dijo Emilia Carlota — Ella me está esperado, también.

— Bienvenidos a al escuadrón — dijo Juan Mateo — No puedo esperar para conocer tus murciélagos. Me pregunto cerca de qué es toda la bulla. Eso debe ser el líder del escuadrón que está en el escenario. ¿Por qué está tan molesto?

Emilia Carlota bajó su voz. — Nos trajo un mensaje urgente del chef Wandor.

— ¿Quién es el chef Wandor?

— Él es famoso por sus tartas de Yumi. Él administra un restaurante.

— ¿De que se trataba el mensaje?

— Era cerca de la hija del chef. Pienso que está perdida en la tormenta.

— ¿La tormenta?— dijo Juan Mateo, frunciendo el ceño. Él no había oído nada de la tormenta. ¿Cuanto tiempo había dormido?

— La tormenta comenzó hace una hora, dijo Joshua Ryan — con truenos y relámpagos. Teníamos mucho miedo venir por el bosque. Todo los árboles Yumi estaban gimiendo y sacudiendo sus cabezas.

— ¡Ssh! — dijo Emilia Carlota — El líder del escuadrón está por hablar.

El líder del escuadrón era una adolescente fornida con cabellos de color marrón y ojos verdes. Se levantó sus brazos y espero para el silencio.

— Tengo noticias graves — dijo ella — La hija

Annabella Sue del chef Wandor está perdida en el dorso del más allá. Necesito tres voluntarios para volar en una misión especial para encontrarla.

Juan Mateo entre cambiaron miradas con Joshua Ryan y con Emilia Carlota. Annabella Sue era la compañera de su clase en la escuela. Ellos se pusieron de pie.

— ¡Nostros ofrecemos! — dijeron.

— Gracias — dijo el líder del escuadrón — Pueden comenzar la búsqueda para Annabella Sue tan pronto que pasa la tormenta.

— No podemos esperar hasta entonces — dijo Juan Mateo. — Annabella Sue puede estar en problemas. Debemos salir ahora y capear el temporal. ¿Vendrás líder del escuadrón?

— No puedo — dijo el líder del escuadrón — He crecido tan corpulento que me vuelto pesada mi murciélago Hula para llevar. Nosotros solo reducirémos la velocidad.

— Entonces iremos nosotros — dijo Juan Mateo, y se volvió hacia sus amigos.

— ¿Joshua Ryan y Emilia Carlota están listos?

— Listos — dijo Joshua Ryan.

— Listos — dijo Emilia Carlota.

— ¡Vamos nos! — dijo Juan Mateo.

Juan Mateo, Joshua Ryan y Emilia Carlota corrieron para sus cuerdas, treparon hacía abajo, saltaron a las espaldas de sus murciélagos y se elevaron al aire.

— ¡ Síguenme! — exclamó Juan Mateo.

Los tres jinetes murciélagos salieron volando de la cueva y en la tempestad.

El viento era fuerte y a lo largo los llevó. Se volaron por el aire. Pasaron por la calle de dónde vivían.

Juan Mateo saludó a su mamá y papá. Sus padres le devolvieron el saludó. Su mamá parecía preocupada al ver su hijo montado en su murciélago en una clima tan feroz.

— Voy estar bien — le gritó — Busquen refugio adentro de la casa. El viento está soplando las cosas.

Joshua Ryan saludó a sus padres, y Emilia Carlota saludó a los suyos.

Fueron soplados sobre el campo de sueño, y vieron al señor Semillas afuera en su jardín atando sus plantas con palos para que no serían derribados por el viento.

Señor Semillas alzó la vista a ellos. — ¡Ten cuidado con las abejas! — él gritó.

— ¿Ten cuidado con que? — gritó Juan Mateo. El señor Semillas era un buen amigo que le había ayudado a convertirse en un jinete murciélago. El señor Semillas también era un hombre sabio y Juan Mateo tomaba muy en serio sus consejos.

— ¡Las abejas! — gritó el señor Semillas.

— ¿Qué dijo el queso? — dijo Juan Mateo a sí mismo, desconcertado — ¿Cuidan con el queso? Me pregunto por qué él dijo tal cosa. ¿Cómo puede ser peligroso el queso?

El viento soplaba contra los tres jinetes murciélagos sobre el océano.

— Vamos estar ahogados — dijo Vesper el murciélago de Emilia Carlota.

— Vesper dijo que vamos estar ahogados — dijo Emilia Carlota.

Juan Mateo le puso la mano a sus ojos para protegerse del viento. ¿Era eso una isla en el horizonte? El viento les estaba soplando hacia ella. — ¡Joshua Ryan! ¡Emilia Carlota! — él dijo — Dirijan hacia la isla.

A medida que ellos rozaron a baja altura sobre la playa de la isla, Juan Mateo se vio a un animal caminar por el agua a la tierra. El animal era grande y feroz con una melena de cabellos de oro y una cola que destacaba derechamente atrás. El animal parecía familiar, pero Juan Mateo tenia otras cosas en que pensar. Él vio un cartel que decía RESTAURANTE DE LA BARRIGA DE JALEA.

— ¡Qué nombre para un restaurante! — dijo el murciélago Ahumado de Joshua Ryan.

— ¿Vamos a aterrizar? — preguntó Joshua Ryan.

— Si — dijo Juan Mateo.

— Voy a intentar pegar algo suave — dijo Bulmer.

60

Juan Mateo y Bulmer se arrojaron dentro del restaurante y se precipitó hacia un bizcocho esponjoso decorado con crema batida y frambuesas.

— ¡Aferrarse! — dijo Bulmer.

Juan Mateo y Bulmer se estrelló dentro del postre. El bizcocho esponjoso y frambuesa explotó en todas las direcciones. Juan Mateo trato de hablar, pero su boca estaba llena de crema batida. Él sacó una frambuesa de su cabello y metió una frambuesa en su boca para juntarse con la crema. Trago. ¡Mmm! Las frambuesas y la crema se iban bien juntos. Él recogió de una mano lleno las frambuesas lejos de los ojos de su murciélago.

— ¿Estas bien, Bulmer?

— Estoy en el cielo — dijo Bulmer, lamiendo la crema de unos de sus alas con su lengua púrpura.

— ¿Joshua Ryan y Ahumado? ¿Sigan todavía en una sola pieza?

— Nosotros aterrizamos suavemente en una pastel de merengue de limón — dijo Joshua Ryan.

— Fue una experiencia hermosa — dijo Ahumado.

— ¿Emilia Carlota y Vesper? — dijo Juan Mateo.

— Nos cavamos a nosotros mismos de un mousse de chocolate — dijo Emilia Carlota.

— Acá viene el chef — dijo Vesper, melancólicamente. — Se ve alterado. Supongo que estamos en problemas.

Un adulto con una barriga grande que llevaba un sombrero de copa blanca balanceándose hacía ellos. A ellos les saludó a lo largo de una cuchara de madera. — ¡Imbéciles! — gritó — ¿Qué es esto que hacen? Usted estropea mi Sorpresa de Frambuesa. Usted hizo un agujero en mi Pastel de Crema de Vainilla. Usted aplastó mi Sueño de Chocolate.

— No teníamos intención — dijo Juan Mateo — Lo sentimos mucho. Era el viento. Tuvimos que aterrizar en un apuro.

— Yo soy el gran Wandor — el chef dijo, golpeando su mano con la cuchara — y esto es un restaurante no un patio de recreo. Deberes de cocina para ustedes tres. Te hago lavar los platos. Ponga a tus murciélagos en la despensa. Asaré en la parrilla a tus murciélagos. Yo servir a sus murciélagos con nueces tostadas.

— Chef Wandor — dijo Juan Mateo — No se lo permito cocinar a nuestros murciélagos. Somos jinetes murciélagos en una misión. Hemos venido a ayudarle a encontrar a su hija. Le envió un mensaje a nuestro líder del escuadrón.

El chef Wandor tiró su cuchara al suelo y hundió su cara en sus manos. Sus hombros se agitaban. — Nuestra única hija Annabella Sue — dijo — Ella se fue a buscar unas trufas y cayó en el dorso del más allá. Su madre nunca me va a perdonar.

Juan Mateo dio unas palmadas en la espalda. — No se preocupe. Nos encontraremos a Annabella Sue para usted. Vamos a traerla a su casa sana y salva. Verá.

El chef Wandor se extendió sus dedos y miró entre ellos a Juan Mateo. — ¿Traerá de vuelta a mi niña? — dijo.

Juan Mateo miró a Joshua Ryan y a Emilia Carlota. Ellos inclinaron con la cabeza.

— Si, vamos a llevarla a casa — dijo Juan Mateo, mirando al chef directamente en el ojo. — Sólo nos digas en dónde buscar. ¿Dónde está este dorso del más allá?

— Ven — dijo el chef Wandor — Te muestro.

El chef recogió su cuchara y se condujo a los tres jinetes murciélagos por un camino que se abría paso a través de su jardín del restaurante. Una ráfaga de viento cerca de ellos casi les derribaron. Ahumado, Bulmer y Vesper que jorobaban a lo largo de lo que mejor manera que podían.

Ellos abrieron una puerta de hierro y se metieron en un bosque gimiendo de árboles Yumi. Los árboles se balanceaban de lado al otro, azotados por la tormenta. Los raíces se tiraban y se tensaban. Un destello de luz iluminó el bosque. El cielo se estrelló y divagaba.

— Este es el lugar en donde cayó Annabella Sue — dijo chef Wandor. Les indicó con su cuchara una brecha entre las raíces del árbol —Trato de ir tras ella, pero estoy demasiado grande. No puedo pasar por el agujero.

— ¿A dónde se va este agujero?

— Agujero conduce al dorso del más allá.

El chef miraba como si fuera a llorar de nuevo en cualquier momento.

— ¿Cual es el postre favorito de Annabella Sue? — dijo Emilia Carlota.

— Pasteles de Yumi — dijo chef Wandor — Ella ama mis pasteles de Yumi.

— Vete a cocinar un pastel de Yumi para ella — dijo Emilia Carlota — mientras que entregamos a ella a su casa para comerlo.

La cara del chef Wandor se iluminó. — Encuentren mi chica. Yo cocino pastel.

Se alejó rápidamente de nuevo en dirección hacia el Restaurante Barriga Jalea.

— Espero que podamos encontrar a su hija — dijo Joshua Ryan.

— Tenemos que — dijo Emilia Carlota.

— Vamos — dijo Juan Mateo, saltando en la espalda de Bulmer. — ¡Por el agujero, Bulmer! Y recuerde lo que nos dijo el señor Semillas. Cuidado con los quesos peligrosos.

Bulmer se cojeó hasta el borde del agujero.

— ¡Uno, dos, tres, y aquí vamos!

Se dejo caer sobre el borde.

Juan Mateo y Bulmer desaparecieron por el dorso del más allá. Los demás siguieron.

Los brazos envueltos fuertemente alrededor de las nucas de sus murciélagos, Juan Mateo, Joshua Ryan y Emilia Carlota abalanzaron a través del dorso del más allá. El dorso del más allá era un laberinto subterráneo de raíces torcidos de árboles y de tumbados cascadas, iluminados por brillantes musgos azules y flores de la radiante luna.

— ¡Mira! — dijo Emilia Carlota, recogiendo una cinta amarilla de pelo cubierta sobre una seta venenosa — Esto pertenece a Annabella Sue. Estoy segura de que es. Ella le gusta el amarillo.

— Ella debe haber venido por este camino — dijo Juan Mateo — y se dejo caer la cinta.

Se cernían por un momento, disfrutando las aromas del jazmín y del tomillo. El claro del bosque sonaba fuerte, con un sonido de zumbido.

Juan Mateo tomó una mirada cuidadosa por su entorno, preguntándose de dónde venía el zumbido. El señor Semillas le había advertido a ellos tener en cuenta los quesos. — No veo ningún queso — él dijo — Ese sonido tiene que venir de las abejas.

Las abejas tenían tiras amarillas y negras. Estaban ocupados recogiendo el néctar de los flores para llevar a sus nidos para hacer la miel. Sus nidos se colgaron de un árbol.

— Huelo la miel — dijo Bulmer, y se sacó su lengua en el nido de las abejas para ver si podía encontrar algo.

— ¿Bulmer usted está fuera de tu mente? — dijo Juan Mateo.

— Me gusta la miel — dijo Bulmer.

— Él zumbido aumentó mucho más fuerte.

— ¡Ay!— dijo Bulmer, de vuelta volando.

— ¿Que te pasa?

— Una abeja me-pi-có en la lengua — dijo Bulmer.

— Sirve te bien — dijo Juan Mateo.

—Mi lengua se es-tá inflamando. Se sien-te como una es-pon-ja.

Las abejas furiosas oscurecían el aire. Las abejas no les gustan tener su miel robada.

— Rápido — dijo Juan Mateo — Dirigiese hacía la cascada.

Los tres jinetes murciélagos pusieron a sus

murciélagos en una picada. Se dirigieron muy por debajo de la cascada.

Seis millones de abejas furiosas se lanzaron tras ellos. Él zumbido se convirtió en un rugido.

Él rugido creció.

— Nos vamos a estar picado a pedazos — dijo Vesper.

Corriendo el riesgo con una rápida mirada por encima del hombro, Juan Mateo vio que un enjambre de abejas fue ganando en ellos rápidamente.

— Más rápido, Bulmer — dijo — Usted no quiere ser picado de nuevo.

— Pi-en-so que no — dijo Bulmer.

Él estrueño de las abejas se hizo más fuerte. Las abejas se acercaban.

— No lo vamos hacerlo — dijo Emilia Carlota.

— Si vamos — dijo Juan Mateo.

Los tres jinetes murciélagos volaron sus murciélagos a través de la cortina de la caída de agua.

Las abejas estaban desconcertados por la cascada, y regresaron a su nido.

— Es-tu-pi-dos abejas — dijo Bulmer — La lengua me duele.

Los jinetes murciélagos se miraron a su alrededor.

Un muro de agua brillante tendía detrás de ellos, y una extraña cueva se extendía ante ellos.

— Esto es impresionante — dijo Ahumado.

Se habían entrado en una gruta donde un millón de hongos brillaron como estrellas en azul y blanco.

De repente, sin previo aviso, todo los tres murciélagos dejaron de volar en el aire. Las campanas sonaban.

— ¿Qué? — dijo Bulmer — ¿Por qué no puedo moverme mis alas?

Juan Mateo sacó una mano y se sintió los hilos de una red. La red se había colgado de un lado de la cueva a la otra. Los hilos sentían suave y se olían a la fruta de Yumi.

— Estamos atrapados en una red invisible — él dijo.

— ¿Quién establece está red? — reflexionó Joshua Ryan.

Oyeron que alguien se acercaba. Las pisadas se hicieron más fuertes.

— ¡Ssh! — dijo Emilia Carlota. Susurró en los oídos de su murciélago — ¡Quieto Vesper! Usted se enreda.

— Demasiado tarde — dijo Vesper — Estoy ya enredado.

— Bien, bien — dijo una voz de hombre — ¿Así que tenemos aquí?

Juan Mateo vio por el uniforme que el hombre era un policía.

— Soy Juan Mateo.

— Soy Joshua Ryan.

— Soy Emilia Carlota.

— Soy agente de policía Bota de la Policía de la Raíz. Ustedes no pueden simplemente venir volando al dorso del más allá. Es contra la ley.

— Lo siento, agente de policía Bota — dijo Juan Mateo — No teníamos la intención de hacer nada malo. Estamos buscando una compañera de clase nuestro. Su nombre es Annabella Sue. Ella es cerca de mi altura, con cabello rubio. Fuimos enviados a encontrarla. Tenemos que traerla a su casa con sus padres.¿Usted puede ayudar?

— Están abajo arresto — dijo el aguacil Bota.

Él se extendió hacia arriba y se tiró de un hilo de la red invisible. La red cayo al suelo en la gruta, llevando consigo los tres murciélagos atrapados y sus jinetes.

— ¡Ay! — dijo Emilia Carlota, golpeando su rodilla en la piedra.

— Eso dolió — dijo Vesper.

La aguacil Bota recogió la red invisible, murciélagos y jinetes, y los llevo en su espalda a la comisaría. Los puso en una celda del cárcel. — Así pueden ver — dijo — que no son los primeros intrusos que he detenido hoy.

Cerró la puerta de la cárcel y giró la llave en la cerradura.

Un rugido sacudió el edificio.

— Eso suena como un león — dijo el aguacil — Tendré que investigar.

Él salió de la estación.

En un rincón de su celda de la cárcel, ceñudo a ellos, se sentó una niña con el pelo rubio.

— ¡Annabella Sue! — dijo Emilia Carlota. — ¡Es usted! Aquí está tú cinta de pelo. Lo encontré.

— Hemos venido a tu rescate — dijo Joshua Ryan.

— Tal vez debería ser yo quien te rescata — dijo Annabella Sue — Usted parece estar en más problemas que yo. Usted se encuentran atrapados en algún tipo de red. ¿Por qué esta su jinete sacando la lengua a mí?

— No estoy tratando de ser grosero — dijo Bulmer — Es-ta-ba pi-ca-da por un abeja.

— ¿Así debo ser rescatada por este murciélago con problemas de habla, y por tres jinetes enredados? — ¿A dónde están mis trufas?

— ¿Dónde está tus qué? — dijo Joshua Ryan.

Annabella Sue se puso las manos en sus caderas y suspiró — Déjame adivinar. Nadie se le ha hablado de las trufas.

— ¿Qué son trufas? — dijo Emilia Carlota.

— Trufas — dijo Annabella Sue, tocando con los dedos en el suelo y tratando de mantener la calma — son cosas de comer. Las trufas crecen entre las raíces de los árboles Yumi. Es por eso que estoy aquí en el dorso del más allá. Estoy buscando trufas. Mi papá necesita trufas para su cocina. Él es el chef.

— Lo hemos conocido — dijo Joshua Ryan — Te está horneando un pastel.

Annabella Sue saltó a sus pies. — ¿Él esta? ¿Un pastel de Yumi?

— Si — dijo Juan Mateo — Él dijo que los pasteles de Yumi eran tus favoritos.

— Son. Tienen un sabor maravilloso recién salido del horno — dijo Annabella Sue — Tengo que salir de esta cárcel enseguida.

— ¿Puedes liberarnos des esa red? — dijo Bulmer.

— Seguro — dijo Annabella Sue. Ella tiró de la red invisible, y liberó a los murciélagos y sus jinetes.

— Gracias — dijo Juan Mateo.

— Esto se siente mejor — dijo Joshua Ryan.

— Si — dijo Emilia Carlota.

— El aguacil Bota ha cerrado la puerta de la celda y se dejo la llaves en la cerradura — dijo Annabella Sue — ¿Cómo salimos? ¿Supongo que tienes un plan?

— Estamos trabajando en un plan — dijo Juan Mateo.

La bestia rugió de nuevo mucho más cerca. Sonaba como un león.

— Es mejor que llegues con un plan pronto — dijo Annabella Sue.

La puerta se abrió.

Un monstruo enorme con una melena amarilla saltó dentro del estación de policía. Era un león.

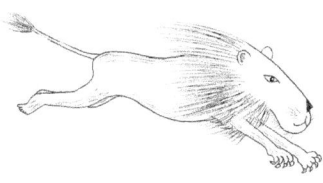

Cuando Oomba el león de la cavernas había olido el bizcocho esponjoso y las frambuesas, se había recordado de otro tiempo no hace mucho tiempo, cuando había perseguido un olor diferente. Entonces había sido el olor del batido de durazno que le había intrigado. Oomba había estado persiguiendo un joven murciélago que había caído al suelo en la cueva, y, cuando un chico había saltado en la espalda del murciélago y tanto niño como murciélago habían tomado al aire, Oomba había saltado detrás de ellos. Él había sido incapaz de capturarlos, perdió el equilibrio y cayó al río subterráneo. Él no se había ahogado porque sabía nadar, pero el río lo había arrastrado mar adentro.

Para mantenerse a flote había remado durante horas. Fue la experiencia más molesta. Para empeorar las cosas, una tormenta se había levantado, haciendo olas tan grandes que Oomba le llego agua al nariz. Eso le había hecho enojarse.

Había visto la isla y había nadado hacia ella. Había vadeado a tierra. Había sacudido a sí mismo seco enviado el agua del mar volando. Se había gustado comer un aperitivo ligero después de su baño. Se había comido dieciséis antílopes, tres búfalos de agua y una jirafa y luego mirando alrededor para algo para su postre, se le había venido este olor más delicioso de bizcocho esponjoso y frambuesas.

Se había rebotado a través de tres valles, babeando con agitación. Él olor se había vuelto más y más fuerte, y ahora estaba llegando a la estación de policía en la cual el olor delicioso provenía. Él dio un gran rugido salvaje de satisfacción.

— ¡Eres mío, Bizcocho Esponjoso y Frambuesas! Saltó en la estación de policía.

El león se deslizó por el suelo de la estación de policía, se estrelló contra la parte posterior de la celda, y trató de desgarrar a los presos a través de las barras, pero no pudo llegar a ellos.

— Conozco este león — dijo Juan Mateo, retorcediendo en la medida de lo que pudo. — Es Oomba, el león de la cueva. Ha venido a comer a nosotros.

— ¿Esto es el plan? — dijo Annabella Sue — ¿Nosotros seremos comidos por un león? La próxima vez que piensas en rescatarme, no te molestes. Puedo hacerlo mejor yo misma.

Oomba sacudió la puerta de la celda. La puerta de la celda sacudió pero no cedió el paso. Estaba hecho de acero. El león se convirtió en una molestia. El león podía ver a las criaturas que olían a frambuesas y al bizcocho esponjoso pero no podía llegar a ellos.

— Si nos quieres comer, Oomba — dijo Juan Mateo — usted tendrá que abrir la puerta de la celda. Apuesto a que no sabes cómo.

Apuesto a que usted nunca has abierto una puerta en la vida.

— ¡PUERTA ! — dijo Oomba.

— Eso es correcto, Oomba — dijo Juan Mateo — La puerta. En la puerta está la cosa con la manija de la puerta y la cerradura. Usa tu celebro, Oomba. La llave está en la cerradura. Todo lo que tienes que hacer es darle vuelta.

— ¡LLAVE! — rugió Oomba.

— Eso es correcto, Oomba. La llave. Se empuje la llave con tu nariz — dijo Juan Mateo — ¡Sigue! ¡Usted puede hacerlo! Todos estamos esperando ser comidos. Simplemente empuje la llave con tu nariz. ¡Te acuerdas dónde está tu nariz, verdad! La nariz es lo que sobresale en la parte frontal de tu cara fea.

— ¡NARIZ! — rugió Oomba.

— ¿De que lado estás, Juan Mateo? — preguntó Annabella Sue.

— No te preocupes — dijo Juan Mateo — Él se está recibiendo la idea.

Oomba dio un codazo a la llave con la nariz.

— Empujar un poco más, Oomba — dijo Juan Mateo — Usted puede hacerlo.

La lave se giro.

Clic.

La puerta de la celda abrió.

Oomba brinco en la celda, con sus garras extendidos. Sus piernas se enredo en el red invisible. Tropezó y cayó sobre su cara.

— Cabalgue conmigo, Annabella Sue — dijo Juan Mateo, y arrastró la hija del Chef sobre la espalda de

Bulmer.

Todos los murciélagos y sus jinetes brincaron al aire, con sus alas latiendo rápido y se lanzaron sobre la cabeza de Oomba y por la puerta que estaba abierta de la celda. Juan Mateo tiró a la puerta de la celda cerrada y giró la llave en la cerradura.

— No te preocupes, Oomba — dijo Juan Mateo — El alguacil Bota tendrá buena voluntad con el cuidado de usted.

Juan Mateo, Joshua Ryan, y Emilia Carlota volaron sus murciélagos fuera de la estación de policía.

— ¡Yahoo! — dijo Annabella Sue.

Se sentían maravillosamente. Se habían escapado de la celda. Se habían escapado del león. Eran libres.

Annabella Sue agarró fuertemente por la cintura de Juan Mateo cuando zumbaron de esta manera y de otra entre los tortuosos y torcidos raíces de los grandes árboles Yumi.

— ¡Trufas! — grito Annabella Sue en la oreja de Juan Mateo, y señaló.

Bulmer se abalanzó hacia abajo para que sus jinetes pueden ayudarse a sí mismos a algunas trufas.

Annabella Sue eligió tres trufas blancas y tres trufas negras. — ¿Puede poner estos en la mochila, por favor?

— Con mucho gusto — dijo Juan Mateo.

Juan Mateo nunca había visto antes las trufas. Ellos tenían la piel rugosa, y una aroma maravillosa.

Los jinetes se cabalgaron a sus jinetes al dorso del más allá.

La tormenta había soplado. El viento había muerto. El sol había salido.

Se aterrizaron fuera del restaurante del chef Wandor del vientre de la jalea, y Annabella Sue lideró el camino en el interior.

El chef Wandor estaba encantado de ver a su hija. — ¡Annabella Sue! — él dijo, y la levantó en el aire y la osciló vueltas y más vueltas por su cabeza.

— ¡Papá! ¡No! Tú me vas hacer caer las trufas.

— ¿Trufas? ¿Me has traído trufas?

El chef Wandor dio a su pequeña hija un gran abrazo y le devolvió con seguridad al suelo. — ¡Lo hiciste! Seis grandes trufas. Tú eres inteligente hija. Pero me diste gran susto, desapareciendo por ese agujero en el dorso del más allá. Tú nunca debes hacer eso de nuevo.

— No voy, papá. Prometo — dijo Annabella Sue.

— Ustedes se encontraron hija — dijo el chef Wandor a los jinetes murciélagos — Son increíbles. Son magníficos. Te doy abrazos grandes.

La mamá de Annabella Sue salió de la cocina trayendo un pastel caliente de Yumi del horno. Ella puso el pastel en la mesa.

— Oh mamá — dijo Annabella Sue. Estaba ansiosa de poner al día a su madre con sus aventuras. — El aguacil Bota me puso en el cárcel y un león vino y rugió pero nosotros fuimos volando justo a tiempo y encontramos algunas trufas y los jinetes murciélagos son Juan Mateo, Joshua Ryan y Emilia Carlota, y sus murciélagos son Bulmer, Ahumado y Vesper.

— Yo también te extrañe — dijo su madre, y dio a su hija un gran abrazo. Se volvió hacia los jinetes murciélagos. — Gracias por encontrar a Annabella Sue y por traer ella a casa — dijo.

— Eres más que bienvenida — dijo Juan Mateo.

El chef Wandor se encargo de dar rebanadas de pastel de Yumi y por ratos nadie dijo algo porque estaban demasiado ocupados comiendo.

— Aquí están una docena más de pasteles de Yumi para que usted lleven de nuevo con ustedes — dijo el chef.

— Quiero irme con ellos. Quiero ver su cueva de murciélagos — dijo Annabella Sue.

— ¿Por qué no? — dijo el chef Wandor.

— Sabemos que estará segura con ustedes — dijo la mamá de Annabella Sue tranquilamente a Emilia Carlota.

— Me gustaría tener un murciélago — dijo Annabella Sue.

Juan Mateo, Annabella Sue, Joshua Ryan y Emilia Carlota volaron de regreso a través del mar.

Ellos aterrizaron en el jardín del señor Semillas.

— ¡Señor Semillas! Tenemos un pastel para usted.

El señor Semillas rodó su silla afuera de su puerta principal. — Qué regalo fino. Estoy muy agradecido.

— ¿Por qué nos advierten que tengan cuidado del queso?

— Te lo advertí que tengan cuidado de las abejas, no del queso.

— A-be-jas, — dijo Bulmer — E-so que di-jis-te.

— Deseo que podemos quedarnos, señor Semillas, pero tenemos que regresar para informar a nuestro escuadrón — dijo Juan Mateo.

Ellos dejaron la casa del señor Semillas, se despidieron de él, y volaron por la calle de donde vivían.

Joshua Ryan y Emilia Carlota dieron a sus padres los pasteles de Yumi.

Juan Mateo llevo a Annabella Sue para conocer a su mamá y papá.

— Ella es una amiga del colegio. Su padre maneja un restaurante.

— Mucho gusto en conocerte — dijo la mamá.

78

— Nos trajimos esté pastel para usted — dijo Annabella Sue.

— Mi dios — dijo la mamá —El pastel está todavía caliente. Muchas gracias.

— Fuiste valiente de volar una misión durante una tormenta — dijo el papá — Estoy orgulloso de ti, Juan Mateo.

— Gracias papá. No podemos quedarnos. Tenemos que regresar para informar a nuestro líder del escuadrón.

Se despegaron. Se volaron en formación triangular. Ellos se precipitó hacia la cueva en donde los murciélagos y sus jinetes vivían.

Los otros jinetes murciélagos dieron una entusiasta ovación cuando se les vieron a Annabella Sue sentada detrás de forma segura con Juan Mateo sobre la espalda de Bulmer.

Ellos aterrizaron en la cueva del líder del escuadrón y desmontaron. Bulmer, Ahumado y Vesper se volaron hasta el cielo raso y colgaron allá boca abajo, las orejas inclinados para escuchar que decían sus jinetes.

— Líder de escuadrón — dijo Juan Mateo — Esta es Annabella Sue.

— Gusto en verte segura — dijo el líder de escuadrón.

— Estos son pasteles de Yumi un regalo para el escuadrón — dijo Annabella Sue — Son de mi mamá y papá.

— Gracias. Huelan maravilloso.

—Quiero ser un jinete murciélago — dijo

Annabella Sue — pero no tengo un murciélago.

— Podemos hacer algo al respecto — dijo el líder del escuadrón, y se volvió hacia Juan Mateo — ¿Cómo la encontraste?

Juan Mateo conto sus aventuras en el dorso del más allá.

— ¿Conociste al león Oomba? — dijo el líder del escuadrón — Me había preguntado lo que había pasado a esa criatura. Bueno, estoy tan contenta de que al final se llegó a ningún daño. Les felicito a todos ustedes. Juan Mateo su primera misión ha sido un éxito, y tengo noticias. He crecido demasiado grande y pesada para montar en mi murciélago Hula. No puedo ser más un jinete murciélago.

Ella miró hacia el otro lado.

— Debes estar triste — dijo Emilia Carlota — Hula debe estar triste también.

— Hula está triste, pero no estará triste por mucho — dijo el líder del escuadrón — Mientras ustedes estaban rescatando a Annabella Sue, le dije al escuadrón que iba a retirarme y les pedí que elijan a alguien más para ser el jefe del escuadrón y que tome mi lugar. Ellos hicieron una votación y ellos te eligieron para su próximo líder del escuadrón, Juan Mateo.

— ¿A mi? — dijo Juan Mateo — ¿Los jinetes murciélagos me eligieron ser el líder del escuadrón? Pero soy tan pequeño.

— Ellos te eligieron por tu valentía. Saliste volando en la tormenta y te inspiraste a tus amigos hacer lo mismo.

— Estuve a punto de tener nos todos comidos por el león — dijo Juan Mateo.

— Me atrevo decir que eso fue verdad. Nadie puede obligarte ser líder de escuadrón. Todo depende de usted. ¿Quieres ser?

— ¿Emilia Carlota? — dijo Juan Mateo — ¿Qué piensas? Te deberían haber elegido a usted o a Joshua Ryan para ser el líder del escuadrón.

— Pienso que deberías decir si — dijo Emilia Carlota.

— Vaya para eso — dijo Joshua Ryan — Tu dijiste que querías ser el líder del escuadrón. Ahora tienes la oportunidad.

— Acepté el trabajo, chico — dijo Bulmer.

El murciélago Hula voló hacia el techo y se dejó caer en el suelo de la cueva al lado de Annabella Sue.

— ¿Quieres ser mi jinete, Annabella Sue? — preguntó Hula.

— ¿Puedo? — Annabella Sue preguntó, mirando hacía el jinete más viejo de Hula.

El líder del escuadrón que se retiraba asintió con la cabeza.

Annabella Sue montó en la espalda de Hula.

— Aguantarte fuertemente — dijo Hula, y se lanzó.

— ¡Estoy volando! — dijo Annabella Sue — ¡Mírame! ¡Soy un jinete murciélago!

— Y yo soy tú líder del escuadrón — dijo Juan Mateo.

CAPÍTULO IV

El sueño de Armando

L A abeja reina miró a Juan Mateo. — ¿Su murciélago Bulmer se sirvió a sí mismo de mi miel? — dijo — ¿Qué estaba pensando?

— Me temo que Bulmer no piensa mucho — dijo Juan Mateo, frotando la nuca de su espalda. — La mayoría de las veces, hace lo que viene a la cabeza.

— Eso no es escusa, líder del escuadrón — dijo la reina — Como castigo voy a decir a mis abejas que no visiten a sus árboles Yumi. Ponga una mano en el pecho, la otra mano detrás de la espalda y saluda.

— Si su majestad — dijo Juan Mateo. Se puso de pie y se inclinó respetuosamente ante la reina.

— ¿Cómo hice yo? — pregunto Juan Mateo, después que se fue la reina.

— Buena cosa que no me vio colgando de mis pies del cielo raso — dijo Bulmer.

— La próxima vez que quieres comer algo, Bulmer, preguntarme primeramente.

— Voy a tratar de recordar — dijo Bulmer, y se dejó caer para unirse con Juan Mateo en el borde de la cornisa, con vistas a la caverna en donde los murciélagos y sus jinetes vivían.

— ¿Quieres ir a dar una vuelta? — pregunto Bulmer.

— Si — dijo Juan Mateo.

Juan Mateo se subió en la parte posterior de Bulmer y se envolvió con sus brazos alrededor del cuello de Bulmer. El piel marrón de Bulmer estaba cálido, suave y cómodo. Bulmer era el mejor amigo de Juan Mateo.

— Vamos nos y recogemos algunas frutas Yumi — dijo Juan Mateo.

— ¡Whooee! — dijo Bulmer, y se dejó caer sobre el borde. Se extendió sus alas de cuero. Él se precipitó a través de la cueva. Él hizo que se oscilan las hamacas de los otros jinetes. — Vamos hacer un tobogán de cola — dijo.

— ¿Hacemos que? — preguntó Juan Mateo.

— Te voy a mostrar — dijo Bulmer, y se voló directamente hacia el techo de la cueva. Él se estancó, y luego cayó hacia atrás. Él se volvió la cabeza sobre la cola.

— ¡Huy! — exclamó Juan Mateo.

Bulmer se extendió sus alas a lo ancho. Él se sacó de su picada. Voló en baja altura sobre el suelo. Un grupo de murciélagos bebés, jugando en el musgo incandescente, chilló y huyeron.

— ¿Qué estás haciendo? — dijo Juan Mateo.

— Estoy haciendo cualquier cosa que me viene a la cabeza — dijo Bulmer.

— Me escuchaste que dije — dijo Juan Mateo.

— Tengo orejas grandes — dijo Bulmer.

— Te quiero, Bulmer — dijo Juan Mateo. — Eres el mejor murciélago en la planeta.

— Te quiero también, Juan Mateo — dijo Bulmer — ¿Qué tal un rodar de barril?

— Será mejor que recogemos algunas frutas Yumi.

— Bien — dijo Bulmer — ¡Aquí vamos!

Ellos se precipitaron rapidamente fuera de la cueva. Volaron hacia la cima de una milla de altura de un árbol Yumi. Ellos navegaron en un jardín de árboles de copas y se estrellaron adentro de un estanque.

— ¡Oops! — dijo Bulmer — Lo siento por eso. Suerte que me perdí a los cisnes.

Los cisnes agarraron la camisa de Juan Mateo y las alas de Bulmer con sus picos, y arrastraron al par hacia la costa. Estaban acostumbrados en rescatar a Juan Mateo y a Bulmer, porque antes habían hecho eso muchas veces.

— Gracias — dijo Bulmer.

Juan Mateo se sacudió a si mismo y se mando el agua volando. — Venimos a recoger a algunas frutas Yumi para darse al señor Semillas.

— No hay fruta para recoger — dijo el cisne madre.

— Ninguna fruta Yumi, ninguna fruta Yumi, ninguna fruta Yumi — dijieron los cisnes bebés.

Juan Mateo frunció el ceño. — Siempre hay fruta Yumi — él dijo.

— No más, no más, no más — dijeron los cisnes bebés.

El árbol habló en una voz profunda y lenta. — Me temo que los pequeños cisnes tienen razón — dijo, limpiando su ojo con una ramita de su mano — Sin la ayuda de las abejas — continuó — mis flores no pueden convertirse en el fruto. Sin el fruto no habrá más ningún árbol Yumi. Esa es la verdad, o no me llamo Boris.

— Anímate, Boris — dijo Juan Mateo. Le palmeó el tronco del árbol. — Voy a encontrar una manera de convertir las flores en frutos. Voy a llamar a mi jefe — Metió la mano en el bolsillo para su teléfono del jinete murciélago — ¿Comandante? — dijo en el teléfono.

— ¿Quién eres? — dijo el comandante de ala.

— Mi nombre es Juan Mateo. Soy el nuevo líder del escuadrón a cargo del escuadrón número cinco. Las abejas no van a cambiar las flores en frutas, comandante. No habrá más frutas Yumi.

— Estamos condenados — dijo el comandante de ala — Los jinetes murciélagos se supone que cosechan las frutas Yumi. Sin la fruta Yumi no habrá más árboles Yumi. Se trata de una crisis, y no puedo pensar que hacer. Me doy por vencido. Renuncio. No soy más tu comandante de ala. Adiós.

El teléfono se cortó.

Juan Mateo se meneó la cabeza. Puso el teléfono de nuevo en su bolsillo. — Me gustaría ser el comandante de ala — dijo — No voy a darme por vencido tan fácilmente, pero yo solo soy un líder del escuadrón. Debe haber una manera de salvar nuestro planeta. Iré a ver al señor Semillas. El señor Semillas es el hombre más sabio que conozco.

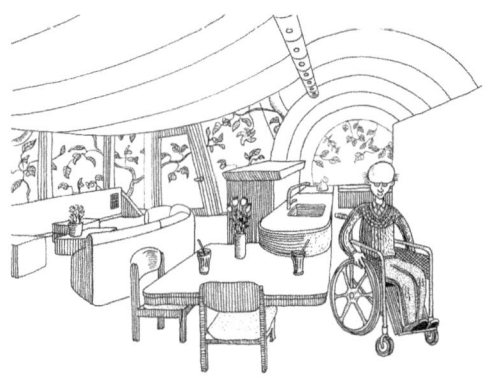

— ¿Sin abejas? — dijo el señor Semillas.
— ¿Qué debemos hacer? — preguntó Juan Mateo.

El señor Semillas se vertió el jugo de uva sobre una bola de helado en su licuadora. Apretó el botón de LICUAR. Se vertió la mezcla espumosa en dos vasos.

— Probar esto. Se llama Soda Helada de Vaca Purpura. Ayudarse a sí mismo a las pajas.

— Es delicioso — dijo Juan Mateo, absorbiendo.

— Me hace estornudar — dijo Bulmer — ¡Achoo!

— Usted debería hablar con las polillas de la luna — dijo el señor Semillas — Las polillas de la Luna pueden a su vez convertir las flores en frutos.

Hubo un largo silencio mientras disfrutaban sus sodas heladas de vaca púrpura.

Juan Mateo se aspiró hasta la última gota de su bebida. Él lavó su propio vaso y el vaso de vidrio de Bulmer por debajo el grifo del fregadero de la cocina, y puso las pajas en el reciclaje.

— Nunca he conocido a ninguna polilla de la Luna — dijo — ¿Dónde viven?

— Las polillas de la Luna viven en la Luna — dijo el señor Semillas. — Debes ir a la Luna si los quiere encontrar. Tengas cuidado. No comes los pasteles de la Luna. Los pasteles de la Luna te puede hacer olvidadizo.

— ¿Qué quiere decir olvidadizo?

— Usted no puede recordar las cosas.

— ¿Cómo podemos llegar a la Luna?

— Volar lo más rápido que puede.

— Gracias, señor Semillas — dijo Juan Mateo.

— Buena suerte, Juan Mateo — dijo el señor Semillas.

Juan Mateo y Bulmer salieron del jardín.

Juan Mateo subió en la espalda de Bulmer. Usó su telefono de jinete murciélago para hablar con sus amigos Joshua Ryan, Emilia Carlota y Annabella Sue.

— Nos vamos a la Luna — él dijo —¿Quieren venir?

— Si por favor — dijo Joshua Ryan — Mi murciélago Ahumado quiere ir a la Luna.

— Vendremos — dijo Emilia Carlota — Mi murciélago Vesper dice que va ser peligroso.

— Mi murciélago Hula ama el peligro — dijo Annabella Sue — y yo también.

— Nos vemos en mi casa en cinco minutos — dijo Juan Mateo — y no se olviden de decir a tus padres dónde vamos.

Bulmer voló a Juan Mateo a casa.

La madre de Juan Mateo parecía preocupada — ¿Estás seguro de que es seguro ir en una misión a la Luna? — ella preguntó.

— El señor Semillas dice que debemos. Él dice que debemos pedir a las polillas de la Luna por su ayuda.

— Les deseo lo mejor — dijo el papá — Su madre y yo vendríamos contigo si pudiéramos.

— Desearía que fuera posible — dijo Juan Mateo — pero son demasiado grandes y pesados para montar en la espaldas de los murciélagos.

— Lo sé — dijo el papá tristemente.

Juan Mateo levanto su puño al cielo. — ¡A la Luna! — gritó.

Los cuatro jinetes se cabalgaron en sus murciélagos en lo alto del cielo.

— El señor Semillas dice que no debemos comer

los pasteles de la Luna — dijo Juan Mateo. — ¿Están todos listo?

— ¡Listo! — dijo Joshua Ryan.

— ¡Listo! — dijo Emilia Carlota.

— ¡Listo! — dijo Annabella Sue.

— ¡Vamos!

Atravesaron el aire, batiendo sus alas lo más rápido como pudieron.

— ¡Eep! ¡Eep! — grito Bulmer.

¡Zas! ¡Zas! ¡Zas! ¡Zas!

Se precipitaron por la barrera del sonido.

— ¡Veo estrellas! — dijo Emilia Carlota.

— Mi nariz está calentando — dijo Bulmer.

— Mi nariz está fumando — dijo Ahumado.

— Es la fricción — dijo Vesper — Nos estamos quemando en la atmósfera de la Luna. Espero que no nos va a explotar.

— ¡Veo la Luna! — dijo Joshua Ryan, con entusiasmo.

— ¡Zigzag! — dijo Juan Mateo — Traten de reducir la velocidad.

Ellos se oscilaron entre dos lunas de montañas.

Ellos oscilaban dentro de un cañon de la Luna.

Se abalanzaron hacia el superficie de la Luna.

— Uh-oh — dijo Bulmer. — No soy bueno en aterrizajes.

— Necesitamos algo suave para romper la caída — dijo Emilia Carlota.

— Ven hacia la carpa del circo — dijo Juan Mateo.

¡Phut! ¡Phut! ¡Phut!

Se hicieron cuatro agujeros en la tela de rayas.

Dentro de la carpa, los murciélagos extendieron sus alas a lo ancho y volaron en un circulo sobre las cabezas del público del circo.

— Por todo el camino desde el planeta de los árboles Yumi, señoras y señores — rugió el domador de leones, pretendiendo que la llegada de los cuatro jóvenes cabalgando sobre los murciélagos fue parte del espectáculo — ¡damos un aplauso por los cuatro atrevidos jinetes murciélagos!

La audiencia aplaudió.

— ¿Por qué los jinetes murciélagos están quemadose? — preguntó una niña.

— ¿En el fuego?

Estelas de humo, Juan Mateo y sus amigos se sumergieron en un depósito de agua.

Hubo un fuerte silbido. Una nube de vapor se elevó desde el tanque.

Un artista de circo, la increíble Dingbat, saltó desde la piscina y salió corriendo de la carpa, seguido por dieciséis pingüinos cantando.

La audiencia aplaudió.

Juan Mateo apareció. Sopló el agua por la nariz.

— ¿Alguien esta herido? — preguntó.

— Vesper y yo estamos muy bien — dijo Emilia Carlota.

— Ahumado y yo somos bien, también — dijo Joshua Ryan — sólo un poco chamuscado alrededor de los bordes.

— Hula y yo estamos volviendo el aliento — dijo Annabella Sue, acariciando a su murciélago — ¿Así que esto es lo que haces en las misiones? ¿Ustedes estallan en llamas y se sumergen en piscinas llenas de pingüinos?

Ella nunca había estado antes en una misión.

— Cada misión es diferente — dijo Juan Mateo — ¿Y tú, Bulmer? — continuó — ¿Estás bien?

— Estoy todavía vivo — dijo Bulmer, se sintió la nariz quemada. — ¡Creo!

Armando el domador de leones se retorció el bigote. Él se levantó su sombrero de copa. Hizo una reverencia a los cuatro jinetes murciélagos, a medida que salieron de la piscina. — Soy, Armando el grande, el valiente domador de leones, que habla — dijo — ¡Bienvenido al Circo de la Luna loca!

— Soy Juan Mateo. Estamos contentos de estar aquí. Lo siento que hemos hecho los agujeros en su tienda.

— Yo, Armando el intrépido, te perdono — dijo Armando — Acá tienen sus asientos de primera fila. Disfrutan del espectáculo. Te voy a emocionar a pedazos.

— Gracias, Armando — dijo Juan Mateo.

Armando puso su sombreo de nuevo en la cabeza y entró en el centro del anillo.

— Señoras y señores, les presento a ustedes: Dan Digeridoo y Matilda el canguro.

Hubo un redoble de tambor.

Un canguro llego corriendo en el anillo, seguido por un hombre de piernas largas usando un sombreo marrón decorado con corchos colgando de las cuerdas.

Juan Mateo frotó con una toalla del circo mientras que el canguro bailaba y la banda tocaba Waltzing Matilda.

Payasos se sentaron en globos. Los explosiones de los globos de ruptura eran tan fuertes que la gente en el público pusieron sus manos sobre las orejas.

La familia Zamboni hicieron una pirámide humana. La hija menor se subió sobre la cabeza de sus hermanos y hermanas, y equilibrando allí, giró una paraguas en la nariz.

Una jaula se rodó en el anillo. Adentro de la jaula estaba un león. El león abrió la puerta de la jaula. El león caminó rígamente a la pista arenosa de la arena.

El domador de leones, armado con una silla de madera en una mano y un látigo en la otra, se acercó al león.

— No te preocupes — el gritó — Armando el valiente, el audaz dominador de leones, está aquí. Él restalló el látigo al león.

El león paró en los dos patas. El león zarpó en el aire con sus patas delanteras.

Armando avanzó hacia el león, sosteniendo la silla frente de él.

Él león gruño y pegó la silla con una de las patas. La silla se vino abajo.

La audiencia jadeó.

Armando se hizo a un lado la silla rota y su látigo, y se arrojó sobre el león. Él luchó con el león con sus propias manos. El y el león dieron la vuelta y vuelta en la arena.

— ¡Leon malo! — dijo Armando. Su voz se soñaba apagada. Su cabeza estaba dentro de la boca del león.

— Hay que salvarlo — dijo Juan Mateo, y corrió al rescate de Armando.

Emilia Carlota, Joshua Ryan y Annabella Sue corrieron para ayudar.

Annabella Sue agarró la cola del león y tiró.

94

Joshua Ryan abrió la quijada del león.

Juan Mateo arrastró a Armando fuera de la boca del león.

Annabella Sue y Emilia Carlota se metieron el león en la jaula de nuevo.

Juan Mateo se estrelló y se sujetó a la puerta de la jaula.

La audiencia aclamó, aplaudió y lanzó silbatos.

Armando se puso de pie. — ¡Eso es todo por ahora, amigos! —rugió — Nuestra próxima actuación es a las siete.

La audiencia salieron de la tienda, charlando alegremente.

Cuando el último miembro de la audiencia se había ido, Armando abrió la puerta de la jaula. Se tomó el mando de distancia de su bolsillo. Apretó RUGIDO. El león dio un hipo. Apretó CAMINAR. El león zumbó y trató de ponerse de pie. Se cayó sobre un costado. — ¿Qué has hecho a mi león? — dijo.

— Lo siento, Armando — dijo Juan Mateo — Pensamos que era un león de verdad.

95

— ¿Un león de verdad? — dijo Armando — ¿Crees que podría luchar con un león de verdad? ¿Crees que pondría mi cabeza dentro de la boca de un león de verdad?

— Usted dijo que usted era un atrevido domador de leones — dijo Annabella Sue, con sus ojos ardientes y las manos en las caderas.

— Una vez fui — dijo Armando. Se sentó en el borde del anillo. Se secó la frente con un gran pañuelo manchado. — Fue a la escuela de domador de leones. Me dieron mi propio león. Él era un león fino. Él tenia una melena grande y amarilla, seis dedos en las patas traseras, y una cola que sobresalía hacia atrás. Yo le enseñé a pararse sobre sus patas traseras. Yo le enseñé a contar hasta tres. Yo le enseñé a saltar través de un aro. Eramos compinches, mi león y yo. Estábamos tan cerca.

Armando pellizcó el pulgar y el índice juntos para mostrar lo mucho que había amado a su león.

— ¿Qué pasó? — pregunto Juan Mateo.

— Mis compañeros de clase se volvieron miedosos de que mi león y yo íbamos a ganar el premio de la clase — dijo Armando —Se contrabandaron a mi león lejos en la mitad de la noche. Ellos soltaron mi león en alguna parte de la selva. Busqué y busqué, pero nunca mas vi a mi león de nuevo.

Armando secó los ojos.

— Eso es triste — dijo Juan Mateo — ¿Qué hiciste?

— Me escape. Vine aquí, a la Luna. Me sume al circo. No hay leones en la Luna, así que construí un león robot para mi acto — dijo Armando — ¡Y ahora mira a mi león robot! Mi león robot no puede ni siquiera ponerse de pie sin caerse.

— Voy a arreglar el león robot para usted — dijo Juan Mateo.

Armando miró a Juan Mateo en el ojo. Se retorcia el pañuelo en sus manos. — En mi corazón — dijo en voz baja — no es el león robot que yo realmente quiero. Es mi verdadero león. Extraño tanto mi verdadero león. Yo me pregunto: — ¿Dónde está mi león de verdad ahora? ¿Sigue perdido en el bosque? ¿Qué está haciendo mi verdadero león?

En el planeta de los árboles Yumi, el león verdadero de Armando estaba gozando de un desayuno ligero de veinte tres springboks, diecinueve ciervos, y un jabalí. Ahora él estaba teniendo un baño agradable después del desayuno en el fumante lago de Monte de la Pluma. El agua del lago tenía burbujas cosquillearas. Oomba gustaba las burbujas.

El agua caliente le hizo sentir perezoso. El vapor que salía del lago le recordaba los días de su juventud. Armando su entrenador a menudo le había dado un baño. Armando había fregado su espalda con un cepillo de mango largo.

Él respiró. Echaba de menos a Armando. Se preguntó si alguna vez volvería a ver a su entrenador otra vez. .

Oomba se podía oír el ruido de la montaña, por debajo de él. Oomba se congratuló de que la montaña estaba ronroneando. Él pensó que debía ser una montaña feliz. Nadie le había dicho alguna vez a Oomba sobre los volcanes.

El agua en el cráter se calentó.

Oomba nadó hasta el centro del lago. Flotaba en la espalda, mirando hacia el cielo. Su melena amarilla extendió fuera a su alrededor en el agua. Se sentía en paz con el mundo. El jabalí había sido delicioso.

En las profundidades del lago, la montaña se estremeció. Oculta cámaras subterráneas estaban llenas a punto a reventar. Presión crecía y crecía.

Oomba flotaba perezosamente sobre su espalda, sonriendo a la Luna. No tenia idea de lo que iba a suceder.

¡Bum!

La montaña explotó. La erupción levantó el lago y el león alto en el aire. Oomba cayó de cabeza sobre la cola a través del espacio y pegó la atmósfera de la Luna. Cayó hacia la superficie de la Luna.

Él vio pastoreando una manada de bestias de la Luna. Se mostró los dientes.

Aterrizó en la parte posterior de las mayores bestias, y se lo comió.

Se lamió los labios. Las bestias de la Luna saboreaba inclusive aún mejor que jabalí. Ahora que quería era algo para el postre. Aspiró el aire. Él olió el soda helada de vaca púrpura. Él olor tentador venía de una carpa a rayas. Se saltó a través del paisaje lunar hacia la tienda. Todos los brincos lo envió volando por encima del suelo. En el último brinco, arrancó través de la lona de la tienda y aterrizó en cuatro patas en el centro de la pista del circo.

Rugió con entusiasmo. Soda helada de vaca púrpura, pensó, tú eres mía, toda mía.

La audiencia de las siete quedó impresionado por la dramática llegada del león, y les dio un gran alegría. Armando el domador de leones también estaba impresionado. Evidentemente su león robot se había mejorado, ya que ahora parecía a un león de verdad, saltaba como un león de verdad, y rugía como un león de verdad. Juan Mateo había reparado bien al león robot .

El domador de leones se delantó, haciendo restallar el latigo.

Él se sorprendió cuando el león robot se levantó sobre sus patas traseras, pusó sus patas delanteras sobre los hombros de Armando y le lamió la cara.

Los ojos de Armando creció tan grande y redondo como platos.

Esto no es un león robot … es un león de verdad.

Y de verdad no cualquier león viejo — pensó — Este es el león verdadero que yo entrené en la escuela de domadores de leones.

— ¿Oomba? — dijo, mirando dentro los ojos del león — Oomba, mi viejo amigo. ¿Tú me has encontrado?

— ¡AR! — rugió Oomba.

—Ah, es bueno verte amigo, — dijo Armando, y le dio unas palmadas en la nuca del león.

— ¡MAN! — rugió Oomba.

— ¡Man, oh man! — dijo Armando — ¡estoy encantado de verte!

— ¡DO! — rugió Oomba.

— No hay de qué, Oomba — dijo Armando — Te he echado de menos también. No puedo decirte lo mucho que significa para mí tenerte babeando por toda mi cara. Eres un ser querido, querido león.

En ese momento, Juan Mateo entró en el anillo de la pista con el león robot trotando a sus pies.

— No puedo detener la meneando de la cola — dijo Juan Mateo — pero tengo las piernas trabajando, y escucha esto.

Apretó el botón de RUGIR con el mando a distancia. El león robot rugió.

Oomba se apretó los dientes. ¡Otro león había invadido su territorio! Su melena se paro de puntas. Se rugió de nuevo. La multitud estampó sus pies. Este fue un circo muy bueno. Tenía dos leones.

Juan Mateo se quedó muy quieto, mirando al león de verdad.

Apretó los puños. Él conocía a este león, y no le gustaba el aspecto de hambre que vea en los ojos del león.

Juan Mateo olió la crema de soda helada de vaca purpura.

Él tenía que escapar. Pero ¿cómo podía?

— ¿Usted conoce a mi Oomba? — preguntó Armando, levantando sus cejas.

— Hemos visto antes — dijo Juan Mateo, con cuidado. Él no dijo a Oomba que le había tratado de comer. Juan Mateo estaba en gran peligro. Él necesitaba su murciélago, Bulmer, para volar a un lugar seguro. — ¿Bulmer? — dijo en voz baja — ¿Estás ahí?

No había contestación.

Juan Mateo corrió el riesgo de una rapida mirada hacia el trapecio. No veía ningún murciélago colgando ahí.

— ¿Son algunos de los jinetes murciélagos por aquí? ¿Joshua Ryan? ¿Emilia Carlota? ¿Annabella Sue?

Armando sacudió la cabeza.

Juan Mateo tragó.

La punta de la cola de Oomba sacudió de lado a lado.

El león estaba a punto de saltar, y Armando no sería capaz de detenerlo.

Juan Mateo roía sus nudillos. ¿Dónde estaba sus amigos? Los amigos de Juan Mateo estaban buscandole en todo el circo, tratando de encontrar a Bulmer.

Bulmer estaba en la cocina del circo, ojeando los pasteles de la Luna. Los pasteles estaban recién afuera del horno y vaporizando.

— Ellos huelan maravilloso — dijo Bulmer, mirando a los pasteles. Se pasó la lengua por los labios.

— Juan Mateo me dijo que no se los coman. Él dijo que si te muerdes en un pastel de la Luna, usted se volvería loco. Te olvidas de quién eres. Se olvida de quiénes son tus amigos. Se le olvida todo acerca de todo. La masa del pastel se ve escamosa.

— Es — dijo Dan Digeridoo, tomando el pastel de la Luna desde la mesa y mordiendo en él. Los jugos goteaba por la barbilla.

— ¿Comer pasteles de la Luna realmente te hacen olvidar las cosas? — preguntó Bulmer.

— ¿Olvidar que? — dijo Dan Didgeridoo, metiendo un pastel Lunar en la boca de su canguro.

— Quiero olvidarme de que me robé un poco la miel e hice que la abeja reina volvería enojada — dijo Bulmer.

— Tenga un pastel — dijo Dan.

— Gracias, Dan — dijo Bulmer y se metió un pastelito de la Luna en la boca.

— ¿Quién es Dan? — preguntó Dan.

Bulmer frunció el ceño. — Uh. No se. Alguién que tenia que agradecer, creo.

— ¿Quién eres tú? — preguntó Dan.

— Ni idea — dijo Bulmer. Se vio en un espejo. — ¡Wow! Tengo alas.

Bulmer metió un segundo pastel de la Luna en la boca y salió cojeando de la cocina. Independientemente del tipo de criatura que era, estaba terriblemente mal de pie. Miró hacia abajo. ¡Sus piernas eran parte de sus alas! ¿Qué extraño era eso?

— Bulmer — dijo Emilia Carlota — Nos hemos estado buscando por todas partes para usted.

Bulmer no contesto. Los pasteles de la Luna se habían hecho olvidar de quien era Emilia Carlota. Extendió sus alas hacia afuera para ver lo que parecía. ¡Estaban hecho de piel! ¡Estupendo! La piel estaba estirada con fuerza sobre los huesos largos, y delgados.

Estos son mis alas, pensó. Me pregunto si se puedo hacer que aletean.

Él se tambaleó en el aire.

— ¡Bulmer! — dijo Emilia Carlota — ¡Vuelve!

Bulmer no prestó atención.

— Algo está mal — dijo Emilia Carlota. — No creo que Bulmer puede escucharme.

— El se ha perdido su juicio — dijo el murciélago Vesper de Emilia Carlota — Él nunca tenía mucho de juicio para empezar, pero que tenía, lo ha perdido.

— Será mejor mantener un ojo en él, si ese es el caso — dijo Joshua Ryan — en caso de que haga algo tonto.

— Él está volando bruscamente — dijo Ahumado

el murciélago de Joshua Ryan — Creo que ha olvidado cómo agitar sus alas.

— ¡Ah! — dijo Annabella Sue — Esta es la parte excitante de nuestra misión. Perseguimos un murciélago loco que no sabe quien es.

— Se desvaneció en la niebla — dijo Hula.

— ¡Rapido! — grito Joshua Ryan — ¡Después de él!

Joshua Ryan, Emilia Carlota, y Annabella Sue montaron sus murciélagos y siguieron a Bulmer en la niebla. Un palacio se alzaba.

— ¡Bulmer, cuidado! — gritó Joshua Ryan.

Bulmer se estrelló contra el techo del palacio, rebotó, se deslizó sobre las baldosas, y cayó por un tragaluz.

— Bulmer ha aterrizado — dijo Emilia Carlota — Ojalá estuviera aquí Juan Mateo. ¿Dónde está el?

Juan Mateo estaba en al aro del circo mirando a Oomba el verdadero léon recoger para saltar.

Juan Mateo había pensado en una manera de escapar. Saltó a la parte trasera del león robot.

Oomba se abalanzó sobre Juan Mateo.

Juan Mateo saltó sobre la espalada del león robot, y pulsó el boton para SALTO GIGANTE.

El león robot saltó en el aire y voló por encima de la cabeza de Oomba.

Juan Mateo apretó el boton de CORRER RÁPIDO.

El león robot corrió rápido. Salió corriendo de la tienda con Juan Mateo aferrando a la espalda. Él desgarró por un bosque de árboles de la Luna en llamas y a través del pantano de la Luna.

Juan Mateo miró sobre su hombro.

Oomba se limitó en su persecución, y fue ganando.

Juan Mateo apretó el botón para CORRER AÚN MÁS RÁPIDO. El león robot hizo un ruido de chasquido y luego se fue dos veces más rápido que antes.

Juan Mateo colgó con fuerza. ¿Podría dirigir?

El león robot se desvió a la izquierda. Giró la cabeza del león robot a la izquierda.

El león robot se desvió a la izquierda. El león robot se arrojó traves de un campo de brillantes flores blancas de la Luna, enviando los pétalos volando.

Juan Mateo miró hacia atrás a Oomba.

Oomba estaba más cerca.

Juan Mateo apretó el boton para CORRER TAN RÁPIDO COMO PUEDAS.

El león robot hizo un sonido como de pulir y comenzó a correr tan rápido que pudo. Las patas del león robot golpeó arriba y hacia abajo.

Una luz de color rojo vino diciendo BATERíA BAJA.

¡Uh-oh! pensó Juan Mateo, y torció la cabeza del león robot bruscamente a la derecha, en dirección para un gran edificio que parecía un palacio. El palacio estaba envuelto en la niebla.

Un túnel conducía al sótano del palacio.

El león robot embistió en el sótano.

Estaba oscuro en el sótano.

Algo agarró a Juan Mateo y lo arrastró desde la parte trasera del león robot.

Juan Mateo sintió los resbaladizos zarcillos de una estranguladora planta de la Luna que se encrespaba alrededor de sus brazos y piernas. Juan Mateo luchó para liberarse pero la planta no lo soltaba.

Mientras luchaba con la planta de la Luna, Juan Mateo escuchó el sonajero del león robot en el otro extremo del sótano, y se cargó en la distancia. Momentos más tarde, oyó a Oomba el león verdadero en una caliente persecución.

Los sonidos del león verdadero persiguido por el león robot volvió más y más débil.

Juan Mateo no podía escuchar nada más.

Estaba solo en la oscuridad.

— ¡Ayuda! — gritó Juan Mateo — ¡Estoy siendo comido!

Su grito resonó en todo el sótano.

— ¡Comido! — dijo el eco.

— ¡Necesito ayuda! — él gritó.

— ¡Ayuda! — dijo el eco.

— ¿Hay alguien por ahí? — gritó —¿Hay alguien que yo conozco?

— ¡No! — dijo el eco.

La planta envolvió sus zarcillos con más fuerza a su alrededor.

Pronto Juan Mateo no podía moverse en absoluto. Ni siquiera podía alcanzar el teléfono en el bolsillo.

¿Dónde estaban sus compañeros los jinetes murciélagos? ¿Dónde estaban Joshua Ryan, Emilia Carlota y Annabella Sue? ¿Dónde estaba su murciélago Bulmer?

El teléfono comenzó a soñar.

El emperador de las polillas se inclinó hacia adelante en su trono. — ¿Dos leones, me dicen? — ¿Uno perseguido por el otro?

— Sí, su magnificencia imperial — dijo el chambelán — Ellos se aplanaron a las flores de la Luna.

— Necesitamos esas flores de la Luna — dijo el emperador.

Un monstro cayó por el tragaluz del palacio y se aterrizó en el suelo de mármol en la corte imperial con un ruido sordo.

Los cortesanos se elevaron en el aire con un aleteo de sus alas de polvo, lanzando gritos de alarma.

Los cuatrocientos miembros de la guardia del emperador se sostenían el monstro con firmeza.

— ¿Quién eres? — dijo el emperador, frunciendo el ceño a la bestia.

— No tengo idea — dijo Bulmer. — Podría ser cualquiera.

— ¿Qué es la última cosa que recuerdas? — preguntó el emperador.

— Comiendo pasteles de la Luna — dijo Bulmer.

El emperador sonrió. — Los pasteles de la Luna te hacen olvidar. — ¿Qué clase de monstruo es usted?

— Es un murciélago — dijo Joshua Ryan, guiando a su murciélago Ahumado abajo a la tierra en el piso de mármol.

— Ha venido todo el camino desde la planeta de los árboles Yumi — dijo Emilia Carlota, guiando a su murciélago Vesper hacia abajo para unirse con él. — Y así hemos hecho.

Annabella Sue aterrizó a su murciélago Hula justo al lado del trono. — Si usted quiere saber quiénes somos — susurró en la oreja del emperador — este es Joshua Ryan, este es Emilia Carlota, y mi nombre es Annabella Sue. Somos jinetes murciélagos.

— Si son jinetes murciélagos — dijo el emperador, ceñudo, — ¿entonces dónde está el jinete de este cuarto murciélago?

— Lo dejamos en el circo tratando de arreglar un león robot — dijo Annabella Sue.

Joshua Ryan tomó su teléfono de jinete murciélago del bolsillo y llamó a Juan Mateo.

Todos escucharon el leve sonido de tono de la llamada a Juan Mateo, y se miraron con surpresa. El tono parecía venir de debajo de los pies. El teléfono de

Juan Mateo estaba sonando en alguna parte del sótano del palacio.

— ¿Por qué no responde? — dijo Joshua Ryan.

— Él esta en problemas — dijo Emilia Carlota.

— Suelte el prisionero, — dijo el emperador — y sígame. Vamos a encontrar su jinete desaparecido.

Viajaron con el emperador por las escaleras móviles que se decendió hasta el sótano del palacio.

— Espero que encontrarmos a Juan Mateo — dijo Emilia Carlota.

— ¿Espera que encontramos a quién? — preguntó Bulmer.

Juan Mateo no podía contestar su teléfono porque la planta de la Luna no se lo permitió.

— Si no recibo ayuda pronto — pensó — voy a ahogar.

Él oyó voces en la distancia.

— Creo que el sonido del teléfono viene desde aquí — dijo una voz que podría haber sido de Emilia Carlota.

Una planta con zarcillos de la Luna se deslizó en el interior de la boca de Juan Mateo.

— S-s-soy Juan Mateo — gritó Juan Mateo, tratando de decir a sus amigos que era él, Juan Mateo

— P-p-por aquí — él dijo, tratando de decir que estaba por aquí. Murciélagos tienen oídos agudos, y utilizan sus oídos para encontrar el camino en la oscuridad. Estaba seguro de que lo escuchaban.

— Ahumado dice que oyó gritar a alguien — dijo una voz que podría haber sido la de Joshua Ryan — pero no sabe quién era. Él dice que la persona está hablando con una lengua extraña.

La planta de zarcillos de la Luna que se envolvió alrededor de la lengua de Juan Mateo.

— ¡Nec-es-ito a-yu-da rá-pi-do! — grito Juan Mateo, tratando de decir que necesitaba ayuda, y rápido.

— No puede hablar — dijo una voz que era definitivamente de Annabella Sue — Esto no es una misión. Esto es un desastre.

— ¡Es-toy si-en-do a-ta-ca-do ma-jor que se a-pur-an! — gritó Juan Mateo, tratando de decir que estaba siendo atacado y que había que mejor apurase.

— Rapidamente, jinetes murciélagos — dijo Joshua Ryan. — ¡Por aquí!

Joshua Ryan, Emilia Carlota y Annabella Sue se discontinuó a liberar a Juan Mateo de la planta de la Luna. Les arrancaron libre.

Ellos lo llevaron ante el emperador.

— Este es nuestro líder del escuadrón — dijo Joshua Ryan — Juan Mateo esté es el emperador de las polillas de la Luna. Nos ha llevado a usted.

Juan Mateo escupió un poco la planta de la Luna de su boca. — Emperador — dijo — Gracias por tu ayuda.

Se sentía bien tener su voz de nuevo. El emperador era tan grande cómo el puño de Juan Mateo, espléndidamente vestido para la ocasión con la piel de oro, decorado con manchas oculares blanco y negro. — Mi imperio está en problemas — dijo el emperador — Los leones se han destruido nuestras flores de la Luna. Tengo diez mil niños que morirán de hambre si no encuentro las flores frescas para que se alimentan.

— Nosotros tenemos flores frescas — dijo Juan Mateo.

El emperador le miró esperanzado. — ¿En serio? — ¿Permitirás a mis diez mil niños visitar las flores en su planeta de los árboles Yumi? — dijo.

— Vamos a darles la bienvenida — dijo Juan Mateo — Hay un montón de flores Yumi para que puedan visitar. ¿Quieres venir con ellos? Hay alguien en mi casa que quiero que conoces.

— ¿Tiene ella diez mil niños? — dijo el emperador.

— Sí, se los tiene — dijo Juan Mateo.

— Bueno — dijo el emperador, y volvió hacia su chambelán. — Tráeme mi transporte. Traen a los niños. Dígales que he encontrado las flores para que se visiten — dijo.

El transporte del emperador se despegó de la Luna, pasó rápidamente y silenciosamente por el espacio, y aterrizó en el planeta de los árboles Yumi en las afueras de la casa del señor Semillas.

El sol se ponía, y el aire era pesado con el aroma de las flores de los árboles Yumi.

El emperador salió de su transporte, seguido por sus diez mil niños, que levantaron en un gran nube con sus alas batiendo suavemente y desaparecieron entre las copas de los árboles para visitar las flores Yumi y alimentarse de su néctar.

Juan Mateo y sus amigos salieron de la lanzadera.

— Se siente bien estar en casa — dijo Ahumado el murciélago de Joshua Ryan.

Señor Semillas, que había invitado a la reina de las abejas a tomar el té, le hizo señas.

— He encontrado a la polilla de la Luna, señor Semillas — dijo Juan Mateo — Te he traído a su emperador.

— Emperador de las polillas — dijo el señor Semillas — ¿permítame presentarle a la reina de las abejas?

La polilla emperador revoloteaban sus alas y se volvió color rosa. — Encantada de conocerte — el dijo a la reina.

La abeja reina lo miró por encima. — El placer es mío — dijo ella, y le mordió en la nariz.

Era amor a primera mordida.

La reina y el emperador llegaron a un acuerdo. Las abejas visitan las flores Yumi de día, y las polillas que se visitan durante la noche. De esta forma, todas las flores Yumi se convertirían a su vez en la fruta.

Llegó el comandante de ala, montado en su murciélago Prang. — Una misión con éxito, líder del escuadrón — dijo, y le entregó a Juan Mateo sus gafas de vuelo. — No estaré necesitando estas ahora — dijo

— Usted es el nuevo comandante de ala, Juan Mateo.

— ¿Yo? — dijo Juan Mateo, sorprendido.

— Durante su ausencia, todos los murciélagos en mi escuadrón y todos los murciélagos en su escuadrón decidieron que usted debe tomar mi lugar y ser el nuevo comandante de ala.

— No estoy seguro de que merezco ser un comandante de ala — dijo Juan Mateo — Yo estaba casi estrangulado por una planta de la Luna, y mis amigos tuvieron que salvarme.

— Salvaste al planeta — dijo el comandante de ala. — ¿No es verdad eso Prang?

— Eso es lo que hizo — dijo Prang el murciélago del comandante de ala. — Él nos salvó, a pesar de que es pequeño.

— Tome el trabajo — dijo Joshua Ryan.

— Vaya para él — dijo Emilia Carlota.

— Usted y su murciélago chiflado — dijo Annabella Sue.

— Ponga los anteojos, chico — dijo Bulmer.

— ¡Bulmer! — ¿Recordas de mi? — dijo Juan Mateo.

Bulmer miró a el fijamente. — ¿Recuerda que? — le preguntó.

La cara de Juan Mateo cayó.

Bulmer sonrió. — Es broma, Juan Mateo — dijo — Sigue. Póngase los anteojos.

Juan Mateo puso los anteojos. ¡Él era un comandante de ala! No lo podía creer. Era muy pequeño ser un comandante de ala. Él tendría que trabajar muy duro para ganarse el respecto de sus dos escuadrones.

Los padres de los jinetes murciélagos se apresuraron a dar la bienvenida a sus hijos e hijas.

— Yo estaba preocupada por ti — dijo la madre de Juan Mateo.

— No había necesidad de preocuparse —dijo Juan Mateo — La misión era fácil.

— Tan fácil como pastel — dijo Bulmer.

— Buena cosa que no hay leones en la Luna — dijo el papá de Juan Mateo.

— Lo tienen ahora — dijo Juan Mateo. Tiró las gafas del comandante de ala sobre sus ojos, y miró a la Luna. A través del agujero en el techo de la carpa del circo Juan Mateo pudo ver a Armando. Tan poderosos era las gafas del comandante de ala que Juan Mateo pudo ver las lagrimas de alegria que corrían por las mejillas de Armando.

Armando estaba tirando los bigotes y mirando con cariño hacia Oomba su viejo amigo. El león se había dormido, acurrucado con el robot león en la arena caliente en la pista del circo.

¡El león de Armando había vuelto! Por fin, Armando era lo que él siempre había querido ser, un verdadero domador de leones con un león de verdad.

CAPÍTULO V

Kiti y la caja de carton

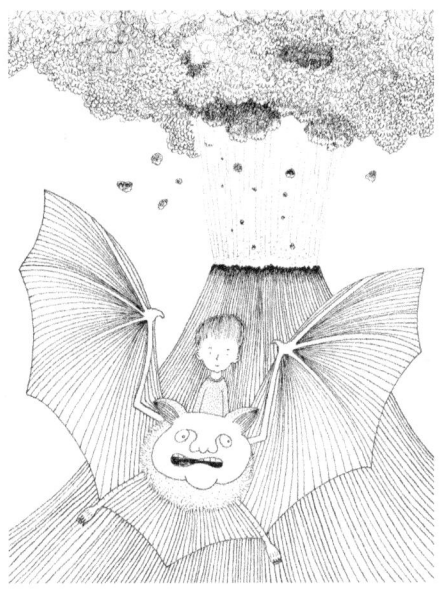

J UAN Mateo saltó a la parte posterior de Prang. Era extraño estar sentado en la parte posterior de un murciélago desconocido. Se agarró con las manos la piel pálida de Prang.

— ¡Vamos! — dijo, apretando a Prang con los costados de sus rodillos. Con las alas batiendo, salieron de la cueva en dónde vivían los jinetes murciélagos. El Monte de la Pluma retumbó. Volaron a través del humo.

Bombas llameantes cayeron del cielo.

— Yo sabía que esto era una mala idea — dijo Pran — ¿Estás seguro de que no se puede encontrar algún otro murciélago para cabalgar?

— Tiene que ser tu Prang — dijo Juan Mateo — Confío en ti. Tu volaste todas las misiones con el comandante de ala antes de retirarte.

— Asistimos en los desfiles y teníamos inspecciones — dijo Prang. — El comandante de ala llevaba sus medallas.

— No tengo ninguna medalla — dijo Juan Mateo — Esa es mi casa allí, la casa con el techo rojo. ¿Podrías por favor aterrizar en el césped? Quiero decir a mis padres a donde voy. ¿Eres bueno en aterrizajes? Bulmer se estrella todo el tiempo.

— Sé cómo aterrizar — dijo Prang, y aterrizó.

— Has cambiado tu murciélago — dijo el papá.

— Esto es Prang — dijo Juan Mateo — Bulmer esta perdido y Prang va a ayudarme encontrarlo.

— Encantado en conocerte Prang — dijo la mamá — Espero que nada serio ha pasado a Bulmer.

— No te preocupes, mamá — dijo Juan Mateo — Es probable que se estrelló en algún lugar. Tú conoces a Bulmer. Prang y yo vamos a encontrarlo. Prang ha volado en cientos de misiones. ¿No has Prang?

— Me gustan las bandas de marcha mejor — dijo Prang — y el saludo. ¿Te gustaría ver mi saludo?

— Tal vez en otra ocasión — dijo la mamá — Sé que debes estar ansioso por comenzar tu misión. Un extraño gemido salió del bosque de los árboles Yumi de las millas de altura.

Los ojos de Prang se agrandaron. — ¿Qué fue eso? — preguntó.

— Suena como problemas — dijo Juan Mateo — Será mejor que vaya y averigüe lo que esta mal. Hasta luego, mamá. Adiós papá.

— Ojalá pudiéramos venir — dijo el papá.

Los adultos somos demasiado pesados para montar en la espaldas de los murciélagos.

— Echare de menos a los dos — dijo Juan Mateo — ¡Cuñas afuera, Prang!

Juan Mateo y Prang brincaron desde el suelo y volaron a través de remolinos de humo a lo alto de un árbol de Yumi.

— Boris — dijo Juan Mateo — ¿Eres tu que oí lamentando? ¿ Qué pasa?

— Las cabras están comiendo mis hojas — dijo Boris, en su voz lenta y pesada. — Soy un árbol. Necesito mis hojas para mantenerme caliente. Necesito mis hojas para respirar.

Se rascó su nariz larga de madera con una delgada, brote leñosa.

— No veo ninguna de las cabras comiendo tus hojas — dijo Juan Mateo, abanicando el humo con las manos y mirando a su alrededor. Era difícil ver algo, decir la verdad.

Una cabra llamada Descarado aterrizó delante de Prang y mostró sus dientes.

— ¡No me puede agarrar! ¡Waa! — dijo Descarado, y brincó fuera de vista.

— Debo mantener la calma — dijo Prang a sí mismo — Debo respirar profundo.

Tres cabras más aterrizaron en frente de Prang y mostraron sus dientes.

— ¡No me puedes agarrar! ¡Waa! — le gritó la primera cabra.

— ¡No me puedes agarrar! ¡Waa! — le gritó la segunda cabra.

— ¡No me puedes agarrar! ¡Waa! — le gritó la tercera cabra.

Todas las tres cabras brincaron dentro del humo y desaparecieron.

Prang se estremeció sus alas. Esto no era su tipo de misión. Oyó los sonidos fuertes masticando.

— Lo que se escucha — dijo Boris, gravemente — es el sonido de mis hojas que se comen. ¿No hay nada que usted puede hacer Juan Mateo?

— Voy a preguntar al señor Semillas — dijo Juan Mateo — Él sabe casi todo. Él sabrá qué hacer con las cabras.

El señor Semillas estaba en su cocina. Él tomó una torta de aludes de lodo de crema helada fuera de su refrigerador y coló la salsa caliente de chocolate por encima.

— No está mal — dijo Prang — Usted muerde a través del chocolate caliente en el frio de la crema de vanilla helada. ¡Mm! ¿Puedo tener otro pedazo?

El señor Semillas dio a Prang una segunda trozo de torta. — Son cabras de montaña, y son muy buenas para saltar — dijo — Huyeron de la montaña cuando la erupción comenzó. Ellos están comiendo las hojas de los árboles Yumi porque tienen hambre.

— ¿Tal vez si hablo con las cabras? — sugirió Juan Mateo.

El señor Semillas negó con la cabeza. — Las cabras prefieren comer en vez de hablar — dijo.

— ¿No hay manera de conducir las cabras fuera del bosque? — preguntó Juan Mateo.

— Me pregunto — dijo el señor Semillas. Hizo girar su silla a la ventana y se asomó a la montaña retumbando.

— Al final del Cañón de Gato Grande — dijo — se encuentra una entrada a los Tubos de Lava.

— ¿Los Tubos de Lava? — dijo Juan Mateo con el ceño fruncido — No creo que he oído hablar de ellos.

— Los Tubos de Lava de la Pluma — dijo el señor Semillas — son un laberinto de pasajes. Una tigresa tiene su guarida en algún lugar en los tubos de lava. Su nombre es Baagh. Buscarla, pedirle amablemente, y ella podría asustar a las cabras del bosque.

— Voy a buscarla — dijo Juan Mateo.

— Tenga cuidado — dijo el señor Semillas — Ella es una tigresa astuta. Hagas lo que hagas, no tires de su cola. ¿Dónde está Bulmer tu murciélago hoy?

— Bulmer fue visto la última vez dando una lección de vuelo para el hermano del capitán de grupo, Gabriel Logan — dijo Juan Mateo — Él y el niño parece que tienen a si mismos perdidos.

— ¿Perdidos usted dice? — dijo el señor Semillas.

— Prang y yo estamos en busca de ellos ahora. Si yo fuera capitán del grupo, estaría organizando una búsqueda adecuada, pero yo soy sólo un comandante de ala, y mi capitán de grupo esta sirviendo lejos en la nave espacial Artibeus. Al parecer eso es lo que sucede cuando usted se convierte en capitán del grupo. Usted sale del planeta por un rato y pasa tiempo en el espacio — Juan Mateo suspiró — Prang — él dijo — Termine ese tercer rebanada de torta crema helada de aludes de lodo, y me ayudas con los platos. Nos vamos a ver la

122

tigresa.

— ¿Una tigresa? — dijo Prang, con la boca llena.

— Adios, señor Semillas — dijo Juan Mateo.

— Buena suerte, Juan Mateo — dijo el señor Semillas.

Juan Mateo montó a Prang, y se tomó al aire. Juan Mateo llamo a sus amigos con su teléfono del jinete murciélago.

Dentro de minutos, Juan Mateo y sus compañeros estaban volando al Cañon del Gato Grande.

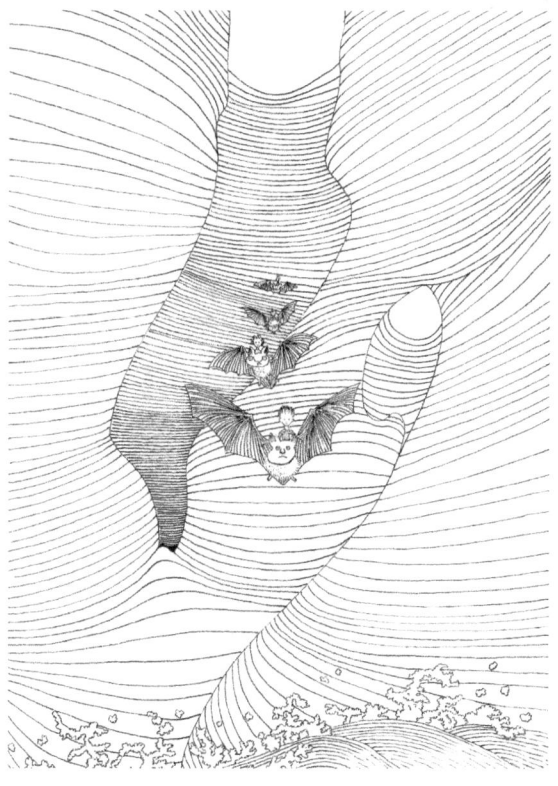

Volaban en formación de diamante. Detrás de Juan Mateo y a su izquierda, Joshua Ryan cabalgaba en su murciélago Ahumado. Detrás de Juan Mateo y a su derecha, Emilia Carlota cabalgaba en su murciélago Vesper. Directamente detrás de Juan Mateo, Annabella Sue cabalgaba en su murciélago Hula.

El cañón era ruidoso con el sonido del Río del Gato Grande. Paredes rocosos arrancaron por la derecha y a la izquierda. Debajo de ellos las aguas blancas arrastró y tronó.

El rocío del río humedeció la cara de Juan Mateo.

— ¡Wow! Deseo que Bulmer podía ver esto.

Se extrañaba a Bulmer más de lo que podría decir.

Llegaron a un giro repentino y se abalanzaron a seguir el cañon a la vuelta del ángulo agudo. El cañon dobló hacía atras y se abalanzaron hacia el otro lado.

— Todo esta picada me esta haciendo marear — dijo Prang.

Cuando llegaron a la cabeza del cañón, los cuatro jinetes murciélagos aterrizaron en una gruta oscura brillando con las flores de oro grosella, pepino silvestre y hierba mora de color púrpura.

Juan Mateo saltó de la espalda de Prang. Cogió un par de gafas de vuelo del suelo de la gruta.

— Bulmer se prestó estas gafas a mí está mañana. Él los debe haber dejando caer aquí. Él no puede estar muy lejos.

Manteniendo las gafas en una mano, Juan Mateo separó las parras de la floración con la otra mano.

— Creo que he encontrado los Tubos de Lava de la Pluma — dijo.

124

— Vamos a echar un vistazo — dijo Joshua Ryan.

Todo ellos adelantaron para ver.

Un tubo de lava se extendió en la distancia. Las paredes del tubo eran curvas y suaves, con espesa venas amarillo y naranja que brillaban en la oscuridad. El tubo tenía un suelo arenoso.

— Yo veo cuatro dedos de patas imprimidos en la arena — dijo Juan Mateo.

Se oyó el trueno de pezuñas que se acercaba. Docenas de cabras corrieron hacia ellos por el tubo de lava.

— ¡Waa! ¡Waa! ¡Waa! — lloraban con los ojos muy abiertos.

Las cabras pasaron corriendo sin parar.

— Algo debe haber asustado a esas cabras — dijo Prang.

Ellos vieron a las cabras desgarrarse en una esquina y desaparecerse de vista.

— Este va ser peligroso — dijo Vesper — No digas que no te lo advertí.

— Tengamos un desfile — dijo Prang, con ilusión — Estoy seguro de que es hora para un desfile.

— No hay desfiles hasta encontramos a mí murciélago Bulmer — dijo Juan Mateo, liderando el camino en el tubo de lava, agarrando las gafas de vuelo.

Los tubos de lava eran demasiado estrechas para el vuelo, así que fueron de pie, en dirección que las cabras habían venido. Los murciélagos se encontraron las cosas difíciles porque sus pies estaban unidos a sus alas, y siguieron resbalando y deslizándose en la arena.

En el tubo de lava por delante de ellos una criatura gruñó.

— ¡Wrrrrrrr!

Kiti se agachó bajo, su cola temblorosa. Ella estaba probando su visión del túnel. Visión del túnel es emocionante. Miras a tu presa tan fuerte que no puedes ver nada más. Es una emoción. Esperas y esperas a que su presa huye. Luego, cuando se huye, usted se lo persigues. La caja de cartón que Kiti estaba jugando con no era muy buena por haber sido la presa. No huyó. Simplemente sentó allí y no hizo nada.

— ¡A-bu-rri-do!

Kiti se estiró y bostezó, para hacer pensar a su presa que ella era demasiada dormida para atacar.

— ¡Wrrrrrrr! — dijo Kiti, y saltó hacia delante repentinamente, agarrando la caja con la guardia baja. Ella dio a la caja un golpe fuerte con sus patas.

La caja se deslizó hacia un lado en el fondo

arenoso del tubo de lava, conectó un gancho en el suelo y cayó de costado. Eso era mejor. Ahora Kiti podía ver adentro de la caja. La caja estaba vacía. Ella corrió hacia la caja. Saltó en el interior.

La caja olía a jinetes murciélagos. Había pequeños agujeros en sus lados. Kiti se puso una pata a través de unos de los agujeros. Sintió alrededor y encontró un trozo de cartón. Trató de sacar el trozo de cartón través del agujero. No cabría.

— ¡Purp! — dijo Kiti, disfrutando a ella misma.

Ella tiró mas duro. De pronto, la caja se volcó, y todo su mundo se oscureció.

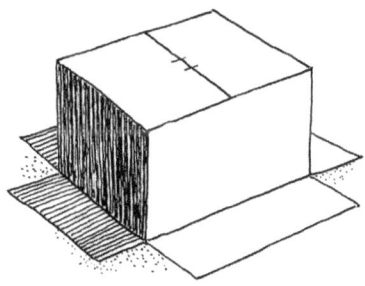

Al instante, se cambió a la visión nocturna. La visión nocturna era aún más emocionante que la visión del túnel. Con la visión nocturna, Kiti podía ver cosas que la otra gente no podía ver.

127

— Purp, purp — dijo Kiti. Su voz soñaba hueca dentro de la caja al revés, más profunda y más adulta.

— ¡WRRRRRRR! — dijo ella, probando su nueva voz con eco. — ¡YO SOY TU PEOR PESADILLA! — Eso fue escalofriante. Eso haría realmente temblar a su presa. Fue muy divertida ser una tigresa, incluso si usted fuera una tigresa muy pequeña atrapada dentro de una caja de cartón. ¡Sólo tienes que esperar hasta que su madre regresaba! ¡Ella le mostraría!

Su madre volvería a la guarida y pensaría: — ¡Oh! ¿Dónde está mi cachorra? Y qué esta esa caja de cartón haciendo allí?

Y todo el tiempo Kiti se escondía dentro de la caja, y estaría muy quieta y sin decir nada, y de repente Kiti sorprendería a su madre.

— ¡WRRRRRRR! — ella decía.

Tal vez esa era su madre que venia ahora?

Kiti esforzó para escuchar.

El tubo de lava era más grande. Había espacio suficiente para casi volar ahora, pero un olor agrio en el aire los desalentó.

— ¡YO SOY TU PEOR PESADILLA! — dijo una extraña voz apagada.

— Te dije que nos encontraríamos algo horrible — dijo el murciélago Vesper de Emilia Carlota.

— ¡Venimos en paz! — dijo Juan Mateo en voz alta. — Tenemos un mensaje para Baagh.

— ¡YO SOY LA MUERTE EN CUATRO PIERNAS! era la respuesta.

Juan Mateo susurró a sus compañeros. — Creo que la voz viene de la guarida al otro lado del río de lava que fluye.

Se puso sus gafas sobre los ojos. — Puedo ver las huellas de las patas del tigre dirigiéndose dentro y fuera de la madriguera, pero no puedo ver el tigre. ¡Espera! Puedo ver algo ahora. Parece que es…. una caja de cartón.

— ¿Una caja de cartón? — dijo Annabella Sue, tecleando sus dedos sobre los muslos. — ¿A quién le importa una caja de cartón?

— La caja esta caminando — dijo Juan Mateo.

— No seas tonto — dijo Annabella Sue. — Las cajas no caminan.

— Esto si lo hace — dijo Juan Mateo — Ahora la caja está corriendo. Tiene cuatro piernas. Se está cargando a través de la guarida. Va a golpear la pared…

— ¡YO SOY TU….OW! — dijo la voz desde la caja.

— La caja golpeó la pared — dijo Juan Mateo — y ahora la caja esta dando la vuelta. Se carga en la dirección opuesta. Va a golpear la otra pared.

— ¡YO SOY LA MUERTE DE…. OOF! — dijo la voz desde la caja.

— Golpeó la otra pared — dijo Juan Mateo. Alzó la voz — ¡Quédate donde estás, Muerte-Sobre-Cuatro-Piernas! Vamos a venir a ayudarte.

La caja se volvió loca. Se dio la vuelta y cargo de nuevo.

— ¡Cuidado! — gritó Juan Mateo. — Estás encabezando para la boca de la guarida.

— ¡WRRRRRRR! — dijo la caja.

— ¡Deténgase! — gritó Juan Mateo — ¡Te vas a caer por el acantilado!

— ¡YO SOY... AAAAAH!

— La caja se ha caído por el acantilado — dijo Juan Mateo.

— La caja ha aterrizado en una repisa — dijo Emilia Carlota.

— Yo no necesito más mis gafas — dijo Juan Mateo, sacandolos de los ojos. — Puedo ver la caja por el resplandor de la lava al rojo vivo del río. La caja se volcó sobre su costado, y una criatura está saliendo.

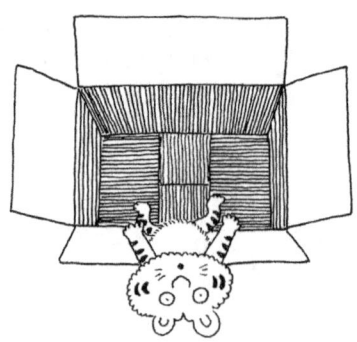

— Es una cachorra de tigre — dijo Prang.

— ¡Oh, ella es tan linda! — dijo Emilia Carlota —
Solo mirarla! ¡Un tigre cachorro muy bonito con rayas
amarillo y negro! Puedo ver su lengua rosada. La amo a
pedazos.

Ella formó las manos como copas alrededor de su
boca. — ¿Cuál es tu nombre, pequeño cachorro?

El cachorro de tigre la miró con desprecio. —
Espere que llegue mis dientes, no voy a ser tu pequeño
cachorro de tiger entonces. Voy a ser Kiti el terrible. Te
voy a tener para el desayuno.

— Así se hace, Kiti — dijo Annabella Sue. — Dile
las cosas como son. Ahora no te demores en tu guarida.
Puedo ver una nueva ola de lava que viene, y usted no
está segura en la repisa.

— ¡Wrrrr!

Kiti dio un golpe furiosa a la caja de carton.

La caja cayó en el río de lava.

— No creo que Kiti se entiende que ella está en
peligro — dijo Hula el murciélago de Annabella Sue.
— Ella va ser arrastrada por la lava.

Emilia Carlota jadeó. — Ella se ha saltando en la
caja. Está flotando en el río de lava. La caja está
empezando a arder. ¿Que podemos hacer?

— Podemos rescatarla — dijo Juan Mateo,
saltando sobre la espalda de Prang. — Prang, vuela esa
cachorra de tigre a salvo.

— ¿Mí? — dijo Prang, sorprendido — ¿Mí? —
¿Ser un héroe? — Si señor.

Él vino a atención, hizo clic con sus talones juntos,
saludo con elegancia, y se lanzó al espacio.

La nueva ola de lava llegó mientras se despegaba.

Prang quedo atrapado en un corriente ascendente y lanzado contra la pared del tubo de lava. Los otros jinetes murciélagos y sus murciélagos retrocedieron del fuego abrasador.

Prang desplomó entre ellos, sus alas chamuscado y punzante.

— ¡Ay! — dijo — No creo que soy muy bueno en ser un héroe.

Juan Mateo se cayó de la espalda de Prang. Se golpeó la rodilla. Se frotó la zona dolorida cuando se puso de pie. Él miró a su alrededor con consternación.

No había señas de Kiti.

Emilia Carlota se cubrió su rostro con las manos.

— La pequeña cachorra de tigre — ella susurró — Ha ido. Justo como eso.

— Has hecho lo mejor posible, Prang — dijo Juan Mateo — ¿Cómo te sientas? ¿Estas herido de gravedad?

— Estoy bien — dijo Prang — Como me golpeé la pared, me pareció ver a otro murciélago través del humo, y me parecía oír el murciélago decir — ¡Cuñas afuera! — ¿Qué significa ¡Cuñas afuera!?

— No significa nada — dijo Annabella Sue — No hubo otro murciélago.

— ¡Escucha! — dijo Vesper — Alguien viene. Apuesto a que vamos a tener una sorpresa desagradable.

La tigresa Baagh se corrió tan rápido que podía a través de los tubos de lava. Cuando cazaba, podía correr a 35 millas por hora pero en caso de emergencia podía correr más rápido, y esto era una emergencia. Ella sintió que su cachorra estaba en peligro. Ella atravesó el túnel a 50 millas por hora, sus poderosas piernas en movimiento con semejante velocidad y gracia que parecía flotar en el ritmo a ritmo.

Había dejado a su hija Kiti en su guarida con una caja de cartón para jugar. El aire en la garganta de Baagh tenia el sabor a humo, y ella podía oler la lava ardiente. ¿Estaría a tiempo para salvar su cachorra? Ella gritaba su propio nombre en voz alta para que Kiti podía saber que se avecinaba.

— ¡Baagh! — gritó la tigresa. — ¡Baagh!

Sus gritos sacudió la montaña.

Lejos en el bosque, las cabras habían dejado de masticar las hojas de los árboles Yumi y se quedaron mirando el uno al otro.

En las cuevas en dónde los jinetes murciélagos vivían, los chicos y chicas del número cuatro y número cinco escuadrones, dormidos en sus hamacas, despertaron con un sobresalto y se preguntaron en dónde estaba su comandante de ala, y que clase de extraña bestia estaba gritando desde el corazón de la montaña.

Baagh cargó por el túnel. Las paredes rayadas del tubo de lava brillaba más y más brillante. Pronto el calor se hizo terrible. Ella clavó las garras en la arena y patinó hasta detenerse. Ella miró a través de un agujero en el suelo.

— ¿Kiti? — dijo ella. Mirando hacia abajo en su guarida, Baagh sólo vio burbujas caliente de lava. Se quedó muy quieta, su mente corriendo. La lava se había derretido las rocas. Su hija ya no existía. Ella había llegado demasiado tarde para salvarla.

— ¡Baaaaaaaagh! — se lamentaba.

— No pierdes la esperanza — dijo una voz — Tu Kiti aún puede estar viva.

Baagh dio la vuelta y vio dos niños, dos niñas y cuatro murciélagos. Ella entrecerró sus ojos amarillos, bajo la panza al suelo y se torció el rabo.

— ¿Quienes son ustedes? — ella preguntó.

— Nosotros somos jinetes murciélagos — dijo el menor de los niños.

Con un golpe fuerte de su pata Baagh golpeó el niño fuera de la cornisa y sobre el piso. Ella puso una pata en el pecho. El muchacho yacía de espaldas, mirando arriba a ella.

— ¿Baagh? — se graznó, tratando de recobrar su aliento.

Baagh abrió su boca a lo grande para mostrar cuantos dientes tenía y que afilado eran, y empujó su cara cerca del niño. El niño olía de Torta de Aludes de Lodo Crema Helada.

— ¿Dónde está Kiti? — gruñó Baagh. — ¿Dónde está mi hija?

— Con Bulmer — graznó Juan Mateo — Pienso.

— No debería haber intentado un cabeza de martillo al derecho después de un humpty-bump — dijo Bulmer — ¿Estás bien?

— No, no estoy bien. Estoy boca abajo en una especie de agujero negro, y no puedo ver — dijo Gabriel Logan, el hermano del capitán del grupo.

— Por suerte que no puedes ver lo que puedo ver — dijo Bulmer, mirando con desconcierto al río de lava incandescente. Nunca antes había visto la roca al rojo vivo en movimiento.

— Sácame de esto, murciélago estúpido. Sácame de esto ahora mismo — dijo Gabriel Logan — Se supone que me enseñarías a volar. Tú no sabes como aterrizar. Cuando yo sea un jinete murciélago, me voy a tener un murciélago adecuado.

Un terrible grito resonó a través de los pasajes de la montaña.

— ¡Baaaaaaaagh!

— ¿Qué es eso? — dijo Gabriel Logan, saliendo del agujero en un apuro.

— Noo lo sé — dijo Bulmer — Sueña como un tigre.

— ¿Un tigre? — dijo Gabriel Logan, su voz bajando a un susurro.

— Un gato grande con rayas — dijo Bulmer.

— Yo sé lo que es un tigre — dijo Gabriel Logan entre sus dientes apretados. Él se sorprendió al encontrarse a sí mismo sentado en el borde de un canal lleno de burbujas de roca fundida. La lava que fluía más rápido que podía correr. Se limpió el sudor de su frente. El air brillaba. Se sentía como un pastel de Yumi que se horneaba en un horno.

— Estamos adentro un cosita de lava — dijo Bulmer.

— ¿Qué es ese objecto flotando en la lava? — preguntó Gabriel Logan.

— Parece una vieja caja de cartón — dijo Bulmer — Está comenzando a fumar alrededor de los bordes. Uh. La lava es caliente, ¡ves! La lava fija las cosas en el fuego.

— Sé que la lava es caliente — dijo Gabriel Logan — No tienes que explicar.

Un par de patas apareció en el borde de la caja y una cabeza pequeña apareció entre ellos.

— Yo soy tu peor pesadilla — dijo la pequeña cabeza.

— No te ves como mi peor pesadilla — dijo Gabriel Logan — Te ves como una cachorra.

— ¿Cuál es tu nombre? — preguntó Bulmer.

— Yo soy Kiti — dijo la cachorra de tigre.

— No tengas miedo, Kiti — dijo Bulmer — Bulmer está aquí. Suba a mi espalda, Gabriel Logan, y vamos a salvar esta cachorra de tigre.

Con Gabriel Logan que se aferraba en la espalda, Bulmer se voló sobre el río de lava y se estrelló contra la caja de cartón flotante. Él cayó sobre su rostro.

— Suerte que caí dentro de la caja — el dijo, frotándose la nariz.

La lava al rojo vivo salpicó el techo.

La caja meció, amenazando de punta al murciélago, muchacho, y cachorra en la roca fundida.

— Agarra esa cachorra, Gabriel Logan — dijo Bulmer — ¡Rápido!

Gabriel Logan apoderó de Kiti firmemente por la piel suelta en la parte posterior de su cuello, y tiró la joven tigresa en frente de él.

— ¡Vaya, Bulmer! — él dijo.

— ¡Cuñas afuera! — dijo Bulmer, y se arrojó en el aire.

La fuerza del despegue de Bulmer volcó la caja de cartón a su lado.

La caja se estalló en llamas.

Juan Mateo estaba en problemas. Su aliento había sido eliminado de sus pulmones por una tigresa. La cara de la tigresa estaba pulgadas de la suya. Su aliento olía de cebolla. Podía ver abajo de su garganta. Sintió el peso de sus patas apretando en el pecho.

Lava incandescente bailaba en sus ojos.

— ¿Dónde… está…mi…hija? — dijo Baagh.

— Déjamerespirarporfavor — dijo Juan Mateo, lo que significaba que él quería que la tigresa le dejaba respirar, por favor.

Baagh se trajo su cara más cerca de él. — ¿Dónde… está… Kiti? — ella gruñó.

— Quieressabermejormesueltas — dijo Juan Mateo, lo que significaba que si la tigresa quería saber, entonces era mejor dejarlo ir.

Baagh presionó más fuertemente sobre el pecho de Juan Mateo.

— ¡Dime! — ella dijo.

— Mesientomareado — dijo Juan Mateo, lo que significaba que sentía mareado.

— Él no puede respirar, tigresa estúpida — dijo Annabella Sue, empujando con enojo en la nariz de Baagh. — Usted está presionando demasiado duro. ¿No tienes un celebro? ¿No ves que él está asfixiando?

Baagh sacó parte del peso del pecho de Juan Mateo. — ¿Dónde está… mi… hija? — ella dijo otra vez.

Juan Mateo sintió correr el aire de nuevo para llenar sus pulmones. — Nosotros podemos ayudarte a encontrar tu hija — dijo — si ayudas a nosotros primero.

— ¿Ayudarte? — dijo Baagh — ¿Como?

— Nuestros murciélagos caminan muy lentamente para escapar de la lava. Me harías el favor de llevarnos a la seguridad. Si lo haces nosotros haremos nuestro mejor esfuerzo para encontrar a Kiti — dijo.

— ¿Qué te hace pensar que mi hija está aun con vida? — dijo Baagh, entrecerrando los ojos.

— La vimos salir de la guarida antes de que la lava llegó — dijo Juan Mateo — y Prang oyó decir a otro murciélago — ¡Cuñas afuera! —

No hemos podido ver con claridad por el humo, pero creo que ese murciélago puede haber sido mi amigo Bulmer.

— Sube a mi espalda — dijo la tigresa.

Todo los cuatro jinetes y sus murciélagos subieron a la parte posterior de Baagh.

— Esto no puede estar pasando, — dijo Prang débilmente — No se puede cabalgar en la parte posterior de un tigre.

— Yo no soy un tigre — dijo Baagh — Soy una tigresa.

— Cuelgue con fuerza, Prang — dijo Juan Mateo — y mantenga la cabeza hacia abajo.

Cabalgando en la parte posterior de Baagh era como montar en una montaña rusa.

Juan Mateo podía sentir los músculos de los felinos grandes ondulando debajo de él. Las venas de color amarillo y naranja del tubo de la lava sacudieron al pasar a una velocidad asombrosa.

— ¡Whee! — dijo Ahumado.

— ¡Estamos cabalgando por el Expreso de la Tigresa! — dijo Joshua Ryan.

— Espero que el Expreso de la Tigresa sabe a dónde va — dijo Hula.

Baagh se cargo por un tubo de lava, su aliento llegando con jadeos de estremecimiento. El tubo de lava estaba bloqueados por la lava burbujeante. Se dio la vuelta y corrió por otro tubo de lava en su lugar.

— Ella no tiene ni idea — dijo Vesper — Todos vamos a ser quemados a cenizas. — Te dije que algo terrible iba a suceder. Ahora está sucediendo.

— ¡Karambamba! — murmuró el Monte de la Pluma — ¡Boombarumba!

La lava explotó de la pared del túnel, llenando el aire con cenizas. Detrás de ellos, el techo del tubo de la lava se derritió y se desplomó. Lava fresca penetraba en él.

— ¿Sabe usted la salida? — gritaba Juan Mateo en la oreja de la tigresa.

— No — contestó Baagh — Los tubos de lava están cambiando. Puede haber ninguna salida. Ella hizo un giro a la derecha y echó a correr por una fisura estrecha que silbaba de escape de gas.

La fisura se dividió en tres.

— ¿Hacía dónde? — preguntó Baagh.

Juan Mateo se alcanzó ver la floración del vid.

— El tubo de lava de la mano izquierda — el gritó.

Baagh se rayó por el tubo de lava por la mano izquierda, se irrumpió través de una cortina colgando pasas doradas, pepino silvestre y hierba mora púrpura y se detuvo en el aire libre.

— ¡Puedo ver el cielo! — dijo Emilia Carlota.

— ¡Hemos escapado de los tubos de lava! — dijo Joshua Ryan.

— Estamos todavía en problemas — dijo Juan Mateo, mirando alrededor de él. Podía ver ríos de lava corriendo por la ladera de la montaña, tanto a izquierda como a la derecha.

— ¡Monte sus murciélagos, todo el mundo!

Juan Mateo y sus amigos se despegaron de la parte posterior de Baagh. Se volaron alto en el aire. Pronto se pudo ver toda la montaña extendido por debajo de ellos, oculta aquí y allá por los nubes de humo a la deriva.

— ¡Dirigen al bosque! — gritó Juan Mateo, señalando con su brazo para mostrar a Baagh por dónde correr.

La tigresa corría como el viento abajo de la montaña, en dirección a los arboles Yumi.

— ¡Baagh! — ella gritó mientras corría, con la esperanza de escuchar su respuesta de su cachorra.

Ella no oyó nada.

— ¡Baagh! — ella gritó de nuevo.

Ella desgarró en el bosque.

— ¡Un tigre ha venido a comernos! — lloró la cabra Descarada — ¡Corren por sus vidas, mis compañeras cabras!

— ¡Waa! — gritaron las cabras.

Todo las cabras saltaron de los árboles Yumi y se acusaron del bosque. Las cabras corrieron más allá de la casa del señor Semillas. Se precipitaron en el campo de sueño.

— ¡Esconden entre los arbustos, cabras! Vamos a estar a salvo aquí — dijo la cabra Descarada, y se cayó de rodillas.

— ¡Oo! Me siento con sueño — dijo.

El y todas sus compañeras cabras se quedaron dormidas de rodilla. Así es como las cabras duermen.

Baagh se clavó las uñas en la tierra y arado a un alto en el césped del jardín del señor Semillas. Se quedó allí, jadeando. Ella se había corrido millas. Ella estaba suficientemente lejos de la montaña para estar a salvo de la lava. Un nudo se le vino en la garganta. Los se le murciélagos y sus jinetes les habían abandonado. Ella no volvería ver a su hija.

— Oh, Kiti — ella dijo.

Se acostó y se apoyó sus patas delanteras. Sus ojos se llenaron con lagrimas.

El monte de la Pluma dejo de retumbar. La erupción llegó a su fin.

Juan Mateo y sus amigos volaron ida y vuelta sobre la ladera de la montaña que enfriaba buscando el murciélago perdido, el jinete y la cachorra. Los niños y niñas de ambos escuadrones se junirieron con ellos en su búsqueda.

Mientras volaban de aquí para allá, los jinetes murciélagos vieron la lava volverse gris. Uno por uno, los ríos de lava se pararon a un alto. La lava se convirtió en piedra. En el bosque, un pájaro comenzó a cantar.

— Se termino — dijo Prang — ¿Podemos irnos a casa ahora?

El corazón de Juan Mateo estaba pesado. Había perdido su murciélago y su mejor amigo. Él había fracasado de encontrar a la hija de Baagh, y se había fracasado en rescatar al hermano de su capitán del grupo. Su misión fue un fracaso. Suspiró y tomo el teléfono del jinete murciélago.

— Estoy terminando la búsqueda de hoy —dijo — Vuelvan a sus cuevas, jinetes murciélagos. Gracias a todos por la ayuda.

Él aguardó su teléfono — Mejor vayamos ir y decirle al señor Semillas de las malas noticias — el dijo.

El señor Semillas les hizo huevos revueltos sobre tostadas y agregó una ramita de perejil de su jardin para cada plato.

Juan Mateo ayudo a llevar la comida de la cocina al exterior sobre el césped, en donde Baagh se acostó con la cabeza sobre su patas.

La tigresa estaba demasiada grande para ser invitada dentro de la casa, y demasiada miserable para comer.

El señor Semillas rodó su silla afuera. — Usted debe estar agotada después de su aventura — dijo — No se sienta tan mal. No todas las misiones triunfan.

— Echo de menos tanto a Bulmer — se dijo Juan Mateo — Yo solía reírse de él por sus aterrizajes en su nariz. Él es el mejor de los murciélagos.

— Echo de menos a Gabriel Logan — dijo el capitán del grupo, que acababa de regresar de una gira de servicios en la nave Artibeus. Él estaba consternado al oír que su hermano estaba desaparecido.

El capitán del grupo levanto la mirada hacia el cielo y trago saliva. Los investigadores habían ido a casa. El cielo estaba vacío. Nunca volvería a ver a su hermano otra vez.

— Echo de menos a mi cachorra — dijo Baagh, levantando su cabeza y mirando a Juan Mateo — Ella encantaba jugar con su caja de cartón. Ella solía ir en la parte superior de la caja y gruñir. La vida no será lo misma sin ella.

— Lo siento tanto — dijo Juan Mateo, frotando la zona dolorida en la rodilla.

Los jinetes murciélagos, sus murciélagos, el señor Semillas, el Capitán del Grupo y Baagh todos miraron el uno al otro como la gente hace después de un desastre, aturdidos por la pérdida de sus seres queridos.

— ¡Ten cuidado! — dijo una voz desde arriba — No soy bueno en el aterrizaje.

Juan Mateo miró hacía arriba con asombro.

— ¿Bulmer? — el dijo — ¿Eres tu?

Rozando a baja altura sobre el techo de la casa vino un murciélago maltratado, sus alas chamuscados por la lava y las orejas rosadas desgarradas. El murciélago estaba tan cansado que apenas podía batir sus alas. Era Bulmer.

Sobre las espaldas de Bulmer se agachaba un niño y una cachorra de tigre. Ambos estaban colgados para salvar sus vidas.

— Hogar dulce hogar — dijo Bulmer, y se estrelló. Él se deslizo por el césped, agitando sus alas desesperadamente.

— ¡Parece que no puedo detenerme! — él dijo cuando patinaba por delante del señor Semillas.

— ¡Sin frenos! — él dijo cuando patino por delante del capitán del grupo.

— Rumbo al fuente! — él dijo mientras deslizaba por delante de Baagh.

En el último momento, para salvarse de terminar en el fuente, Bulmer se extendió la mano y se agarró a la tigresa por la cola.

— ¡BAAGH! — dijo Baagh, y saltó alto en el aire. Ella estaba indignada. Nadie más que Kiti se había atrevido a tirar de su cola. Ella le enseñaría a ese murciélago miserable una lección que jamas olvidaría. Ella levanto su pata.

— ¡Así se hace, mamá! — dijo una voz pequeña — ¡Darle al murciélago!

La mandíbula de Baagh se cayó.

— ¿Kiti? — ella dijo, y se olvidó de todo sobre el murciélago, ella estaba tan encantada de vera su cachorra de nuevo.

Ella envolvió sus brazos alrededor de su hija. Ella la sofocó a besos.

— ¡Mi amorcita! — ella exclamó — Mi pequeña bizcocha – de – bebe!

Kiti se retorció. — Me gustaría que no me la hagas, mamá — la cachorra silbó — Es vergonzoso. Se supone que debemos ser tigres.

— Tigresas, querida — dijo Baagh, sosteniendo a su cachorra con los brazos extendidos y mirándola con cuidado para asegurarse de que había llegado a ningún daño — ¿Cómo escapaste de la lava?

— Me llegue a la caja — dijo Kiti — y la caja se fue en la lava y luego salté adentro de la caja y luego el niño y el murciélago saltaron dentro también, y después la caja cayó encima pero el murciélago despegó, y cabalgué sobre el parte posterior de la espalda del murciélago, y volamos a través de un nube y golpeamos el césped.

— Sueña como si tuvieras un buen momento — dijo Baagh — Debemos agradecer a estos jinetes murciélagos y sus murciélagos por toda su ayuda.

— ¿Podemos comerles ahora? — dijo Kiti.

— Hoy no — dijo Baagh.

— Su guarida ha sido destruido, Baagh — dijo el señor Semillas — Los murciélagos pueden dejarte compartir la cueva si prometes no comer ninguno de ellos.

Juan Mateo corrió para una jarra fresca de Hacer-Te-Mejor mantequilla de la tienda del señor Semilla, y puso abundante ungüento curativo en las alas de Bulmer.

— Pobre Bulmer — él dijo. — Esto debería hacer que te sientes mejor.

— Se sienta fresca y agradable — dijo Bulmer — Gracias, Juan Mateo — Bajó su voz. — Me temo que hice un Humpty-Dump antes de hacer un Cabeza de Martillo, y Gabriel Logan estaba enojado conmigo.

— No debe preocuparse, Bulmer. Gabriel Logan tiene otras cosas en su mente en este momento — dijo Juan Mateo — Su hermano mayor acaba de regresar del espacio.

— Bienvenida a casa — dijo Gabriel Logan, agitando la mano del capitán del grupo — ¿Hermano cómo te fue al desempeñar las funciones en el Artibeus?

— Ella es una nave muy buena — respondió el capitán del grupo —Tuvimos un pequeño roce con los Mormoops pero nos salimos bien. ¿Qué has estado haciendo?

— Estoy aprendiendo a volar — dijo Gabriel Logan — Voy a ser un jinete murciélago.

— Bien por ti — dijo el capitán del grupo — Mis días de vuelo se han terminado. Puedes tener mi murciélago, si te gusta.

— ¿Puedo realmente? ¿Cómo se llama tu murciélago? Tu murciélago sabe como aterrizar?

— Su nombre es Rosada. Ella aterriza sobre su cabeza — dijo el capitán del grupo, y luego puso sus dedos en la boca y silbó.

Un murciélago de terciopelo negro con ojos de color rosa brilló en el cielo y aterrizó de cabeza.

—Rosada, esto es Gabriel Logan. Está buscando

un murciélago para montar.

— ¡Caray! — dijo Rosada — Él es un enano.

Juan Mateo escuchando el comentario, dijo — Pensar alto y no sentirás pequeño.

Eso había sido el consejo de su padre que le había dado en su primer día propio como un jinete murciélago.

Gabriel Logan saltó a la espalda de Rosada. — ¡Vamos, Rosada! — él dijo.

— Le importaría rizar el rizo? — dijo Rosada, cuando la pareja se despegó.

El capitán del grupo les vio volar.

— Usted es el nuevo capitán del grupo ahora, Juan Mateo — dijo, y se alcanzó de su bolsillo — Detenga un momento mientras te pongo esta medalla en el pecho.

— ¿Una medalla? — dijo Juan Mateo, sorprendido. Él tocó el disco de oro con asombro. Nunca había tenido una medalla antes. — ¿Para qué sirve?

— Se trata de una medalla por ser valiente. El señor Semillas me dice que fuiste con tus jinetes murciélagos a los tubos de lava de la Pluma y descubriste la guarida de Baagh.

— No me merezco una medalla — dijo Juan Mateo — Estuvimos casi quemados vivos, y de todo modos fue Bulmer que salvó a Gabriel Logan y a Kiti. Él es el único que debe tener la medalla, no yo.

— No pongas ese medalla en mi — dijo Bulmer — Estoy ya lastimado suficientemente. ¡Mira! Acá viene tus padres.

La mamá y el papá corrieron hacía Juan Mateo
para darle un abrazo y para felicitarle por la medalla y
por su promoción.

El papá murmuró en la oreja de Juan Mateo.

— Tu nave espacial te espera — él dijo.

CAPÍTULO VI

Poniendo los murciélagos a la cama

-PONGA los murciélagos a la cama — dice Juan Mateo, bostezando — Estaré allí pronto.

Junte a los murciélagos soñolientos en mis brazos y les lleve a todos dentro de la cueva. Uno por uno, colgé los murciélagos al revés en el techo.

— No olviden de bloquear los pies — les recordé.

— ¿Juan Mateo ha ido realmente en una nave estelar? — Hula pide soñoliento.

— No estoy seguro — yo digo — Usted puede pedirle al despertar.

— Esperaba que se perdió en el espacio — dice Vesper.

— No me sorprende — digo yo.

— Juan Mateo tenía miedo de la oscuridad — dice Rosada — pero era valiente y entró en la cueva de todos modos.

— Y así fue como conoció a Bulmer — dice Suki.

— ¿Podemos tener otro cuento? — pide Brumoso.

— No ahora — digo yo — Déjese envolver en sus alas y cierran los ojos.

SOBRE EL AUTOR

Anthony Barton vive en Canadá junto al mar. A medida que él escribe sobre Juan Mateo y Bulmer, las montañas de hielo flota por delante de su ventana. Poco después de atardecer pequeños murciélagos marrones aparecen, lanzando por el aire y haciendo sonidos de piar. Para los próximos días, los jóvenes murciélagos se aferran a su madre. Ella sólo tiene un bebé, pero su hijo crece rápidamente, y pueden vivir por más de veinte años. Anthony Barton tiene un sitio web en donde usted puede encontrar más información acerca de los murciélagos y leer más cuentos de Juan Mateo y Bulmer. El sitio web es anthonybarton.com

GRATIS LA SERIE DEL JINETE MURCIÉLAGO

Una serie de audio para niños y niñas
por el mismo autor

Anthony Barton

El jinete murciélago y la cueva de Oomba

El jinete murciélago y la cueva de Oomba
es de ocho capítulos en serie.
La narración es del mismo autor, con la música, los chirridos de
murciélagos y la producción es de Siri Arnet. Los ocho episodios
son gratis y se pueden escuchar en
Podiobooks.com

MUY PRONTO

Un nuevo libro para los niños y niñas
por el mismo autor

Anthony Barton

Los árboles Yumi

Los árboles Yumi es la séquela del jinete murciélago.
La milla de altura árboles Yumi están en peligro y Juan
Mateo y sus amigos deben desafiar una ola y hacer
amistad con el árbol más antiguo en el bosque en su
intento de salvarlos.

Un critico escribe:

El mundo de un niño es inevitablemente una en torno a los
cambios colosales y una evitable "metamorfosis" a medida que
crecen. De repente, se hacen las cosas ellos mismos y los padres
pueden ser un poco vergonzosos, ¡pero muy queridos! Para sus
hijos, asumiendo que han leído todas las aventuras de Juan Mateo
y han acercado a todos los jinetes murciélagos, LOS ÁRBOLES
YUMI provean un poderoso paso nuevo delante de sus vidas.

Los Árboles Yumi estará disponible como un libro impreso con
ilustraciones por el autor de Amazon.com

Ya está disponible

E-libros para niños y niñas

Las aventuras del jinete murciélago

Las aventuras de Juan Mateo se pueden descargar a su dispositivo móvil, teléfono, tableta, o lector de libros electrónicos de Apple, Barnes y Noble, Sony, Kobo, Diesel, Scrollmotion y Smashwords.com